엄 마 의　꽃 밥

엄마의 꽃밥

글 이상권
사진·요리 이영균

다산
책방

세상 모든 풀씨들의 더 나은 세상을 위해

우리의 밥상에는 항상 따뜻한 밥이 모셔져 있다. 우리는 밥을 먹지 않고서는 살아갈 수가 없기 때문이다. 밥은 우리의 생명이라고 할 수 있다. 그래서 우리 조상들은 여러 가지 밥을 만들기 위해서 끊임없이 애를 써왔다. 이 책은 그런 밥의 속삭임이요, 노래다. 이 책으로 모셔온 밥들은 들풀과 만나서 더욱 우리와 가까워진 음식들이다. 깊은 산이나 먼 곳까지 가지 않고도 집 주위에 흔한 풀들을 관심 있게 보기만 해도 밥은 훨씬 더 풍요로워질 수가 있다.

이 책에 소개된 밥들은 조금만 관심을 가지면 그리 어렵지 않게 해먹을 수 있다. 가락지나물국밥처럼 이름이 낯설고 많이 알려지지 않아서 그렇지 사실 가락지나물은 도심 인근에서도 흔하게 볼 수 있는 들풀이다. 취나물복쌈은 20~30년 전만 해도 정월 대보름날 아침이면 우리네 밥상에 올랐던 정겨운 음식이다. 온 식구들이 밥상에 둘러앉아 반찬으로 올라온 취나물을 접시에다 펼쳐놓고 밥을 둘둘 말아가는 풍경이 아련하다. 그런 식으로 밥을 먹으면서 어른과 아이들이 놀이하듯이 재미있게 소통하던 풍경은 이제 옛이야기 속으로 사라져버렸다. 그리고 이제는 많지도 않은 식구들이 모여서 밥

한 끼 제대로 먹을 수 없는 세상이 되어버렸다. 그러니 밥은 단순히 생명을 연장해주는 에너지원 역할을 할 뿐이고, 밥을 통해서 오가던 수많은 웃음과 눈빛은 다 사라져버렸다. 이제 밥은 종합 비타민제 한 알과 똑같은 무게를 가진 것으로 전락한 지 오래다. 어쩌면 먼 미래에는 알약 한 알로 밥을 대신하게 되어 밥이라는 게 아예 사라질지도 모를 일이다. 그런 상상을 아프게 하면서 밥이 들려주었던 여러 가지 신화 같은 이야기들을 담아내고 싶었다. 1년에 딱 한 번만이라도 아이와 어른들이 함께 만나서 예쁜 메꽃밥을 해먹는 상상도 하고, 근처에 뽕나무가 있다면 어린순을 뜯어다가 뽕잎밥을 하여 온 식구들이 맛있는 나물밥을 먹으면서 자신들의 이야기를 재잘거리는 즐거운 상상도 하고, 근처에 아까시나무가 있다면 그 꽃을 따다가 튀김도 해먹고 꽃밥도 해먹으며 잠깐이라도 즐거워하기를 바라면서, 혹은 시장에서 사 온 머위를 데쳐서 만든 쌈밥을 들고 식구들이 가까운 나들이라도 하여 즐거운 시간을 보내는 상상을 하면서 글을 썼다.

이 글을 쓰면서 일본의 여러 가지 음식에 관한 책들을 보았다. 일본에서 오랫동안 음식을 만들어온 사람들이 가장 중요하게 생각하는 것은 땅이었다. 그리고 땅에서 자라는 풀이었다. 오염되지 않은 땅에서 자라는 수많은 풀을 이용하는 것이 먹거리의 시작이라고 하였다. 나 역시 우리 땅에서 자라는 수많은 풀들이 우리 먹거리의 근원이 되기를 바란다. 그런 의미에서 우리 조상들이 먹어왔던 풀과 결합된 수많은 음식들을 다시금 되새겨볼 필요가 있다. 이 책이 그런 작은 발걸음이 되었으면 좋겠다. 원추리꽃쌈밥이나 고춧잎나물밥, 질경이죽 같은 음식들은 우리 조상들이 아주 대중적으로 밥상에 모셨던 음식들이다. 이런 음식들은 일본 사람들도 부러워할 정도로 예쁘고 기품이 있다. 그런데 우리는 그런 음식을 다 잊어버렸다.

요즘은 뷔페에 가도 흔하게 올라오는 게 쌈밥이지만 우리 조상들이 해먹었던 머위쌈밥이나 취나물쌈밥, 옥잠화쌈밥 같은 것들의 존재조차 모르고 쌈밥의 문화가 외국에서 온 것이라고 생각하는 사람들이 대부분이다. 나는 이 글을 쓰면서 음식이란 입뿐만 아니라 눈과 코 그리고 온몸으로 향을 받아들이면서 먹는 것이라는 우리 조상들의 멋스러운 문화를 몇 번이나 탄식하면서 깨달았는지 모른다. 새삼 우리는 잘살게 되었지만 잃어버린 것들도 너무나 많다는 생각도 하게 되었다. 이제는 그렇게 잃어버린 것들에 대해서 생각해보는 시간을 종종 가졌으면 좋겠다. 물론 시간과 함께 입맛도 변하기 때문에 옛사람들의 음식 문화를 그대로 이어받을 수는 없다. 음식도 노래처럼 세월 따라 변하는 것이다. 그렇기에 우리 조상들의 밥상에 올랐던 음식들을 새롭게 재해석하고 요즘 세대의 입맛에 맞게 변화시켜서 밥상으로 모셔오기를 간절히 바란다. 그것이 이 책에 앞서 출간한 『야생초밥상』을 비롯하여 『엄마의 꽃밥』을 세상으로 내보내면서 품은 작은 소망이다. 우리 후손들에게 이 책을 작은 유산으로 물려주고 싶다.

도움을 주신 분들이 많다. 그 모든 분들에게 머리 숙여 인사를 보낸다. 그리고 나와 함께 이 모든 음식을 만들고 촬영하는 데 도와주신 이영균 선생님네 식구들께 감사의 인사를 드린다. 그리고 우리 집 근처에 살고 있는 수많은 풀들에게 다시금 큰절을 올린다. 그리 깊은 산도 아니고 대도시 인근임에도 불구하고, 만들고 싶은 음식을 결정하고 돌아다니다보면 어김없이 내 눈에 나타나주었던 풀들! 어쩌면 내 마음을 알고 풀들이 마술을 부려 내 눈앞에 나타났는지도 모른다. 그래서 먼 길을 가지 않고도 『야생초밥상』을 비롯하여 『엄마의 꽃밥』까지, 이 두 권의 책에 담긴 거의 모든 음식의 재료인 풀들을 쉽게 구할 수가 있었다. 그것을 숙명으로 받아들이고, 다시금 풀들에게 감사의 인사를 드린다.

2015년 초겨울
작가 이상권

엄마의 꽃밥

─────────────── 벌써 십수 년 전의 이야기다. 우연히 『맛의 달인』이라는 만화책을 접하게 되었다. 음식 이야기가 이렇게 재미있을 수 있구나, 감탄을 거듭하며 책을 읽었다. 우리나라에도 이처럼 깊고 풍부한 음식 이야기가 있으면 얼마나 좋을까, 하는 생각이 들었고 사진가로서 우리의 음식 이야기를 기록하고 싶은 열망이 생겼다.

『맛의 달인』의 '민물김' 편을 접했을 때는, 혹시 우리나라에도 이런 것이 있을까 싶어서 자료를 뒤져봤다. 강원도 삼척의 소한천 계곡에 민물김 자생지가 있다는 얘기를 듣고는 뛸 듯이 기뻤다. 카메라와 녹음기를 들고 소한천 계곡으로 달려가, 이 귀한 생명체를 취재했다. 이것을 시작으로, 사라져가는 우리 음식과 잊혀가는 우리의 맛을 찾아 대한민국 방방곡곡을 다녔다. 바다와 산, 계곡 등 현장에서 사람들을 만나, 음식을 만들어 먹고 이야기를 나누었고 이 기록을 사보에 연재도 하였다.

이즈음 가족들과 함께 음식 체험 여행을 다닌 것도 즐거운 기억이다. 담양의 대숲에 방문해서 죽순을 캐 불에 구워 먹기도 하고, 우리 동네 뒷산의 아까시꽃을 따서 튀겨 먹기도 하고, 목화밭을 찾아서 목화꽃을 그대로 따먹기도 하고, 산속에서 싱아를 찾아 먹기도 하고, 보리밭에서 보리를 껌처럼 씹어 먹어보기도 했다. 그렇기에 우리 가족은 체험 학습이나 생태 학습 같은 걸 따로 할 필요가 없었다. 먹거리를 찾아 가족 여행을 다니다보면 그게 바로 체험 학습, 생태 학습이었다.

수년 전, 용인의 전원주택으로 거처를 옮긴 뒤에 먹거리에 대한 나의 관심은 더욱 확장되었다. 후쿠오카 마사노부의 자연농법을 흉내 내어 논농사와 밭농사를 지어 먹거리를 해결하였고, 동네의 가까운 산에 올라 산나물이나 열매 등을 채취할 수 있었다. 그러면서 우리 고유의 다양한 전통 음식을 만드는 데 열중하였다. 해마다 간장, 된장, 고추장을 담그고 다양한 재료로 엿도 고아봤다. 발효 음식에도 관심이 많아져서 효소, 술, 식초도 집에서 빚어 먹었다. 음식을 직접 만드는 일은 음식을 취재하는 일만큼이나 재미있는 작업이었다. 음식의 세계는 어찌나 풍부한지! 또 우리 음식의 세계는 또 어찌나 절묘한지! 재료의 성질, 재료를 다듬는 손길, 온도와 습도 등 주변 환경에 따라 미묘하게 변하는 맛과 질감은 늘 내게 행복한 자극을 주었다. 이 책에 나온 사진은 이러한 과정의 기록이다.

이상권 선생님은 나의 이런 작업에 훌륭한 조언자이셨다. 처음부터 끝까지 기계의 도움 없이 옛 방식대로 논농사를 지어보겠다 했을 때부터 선생님은 조언과 협력을 아끼지 않으셨다. 생태에 대한

엄마의 꽃밥

선생님의 풍부한 지식은 음식의 영역에까지도 확장되어 있었고, 이 분야에 대해 이야기를 나눌 때면, 시간이 어떻게 흘러가는지도 몰랐다. 쌀쌀한 계절, 마당에 모닥불을 피워놓고 선생님의 구성진 이야기를 들었던 시간은 어릴 적 할머니 품 같은 따스하고 아늑한 느낌으로 남아 있다.

이런 인연으로 선생님과 음식에 관한 책을 같이 만들게 되었다. 선생님은 이 작업을 진두지휘하시며 글을 쓰셨고, 나는 음식을 만들고 사진을 찍었다. 우리는 거의 매일 만나, 현장에 가서 재료를 채취하고 음식을 만들어 먹으며 이야기를 나누었다.

옛 음식을 재현하는 과정이 순탄했던 것만은 아니다. 피죽처럼 말로는 많이 들어봤는데 아무도 알지 못하는 음식도 재현해야 했다. 여든 이상 된 어르신 중에서도 피죽을 먹어봤다는 분은 없었다. 어떤 음식은 만드는 데 1년이 걸리기도 했고 여러 번 시행착오 끝에 겨우 완성한 음식도 있었다. 가난한 민초들이 먹었던 음식에 대한 기록이 전무했기 때문에 이렇게 고전할 수밖에 없었다. 누군가는 얘기를 하고 기록을 해서 전해졌어야 했던 우리의 역사들이 그렇게 사라져버린 것이다.

이렇게 만든 음식들은 우리가 이전에 전혀 경험해보지 못했던 황홀한 맛의 세계로 인도했다. 어느 멋진 식당에서, 비싼 값을 지불

하고도 경험하지 못했던 맛에 선생님과 나는 말을 잊고 잠시 침묵하기도 했다. 선생님의 글로도, 나의 사진으로도 표현할 수 없었던 그 맛. 그 맛을 표현하기 위해 나는 독자들에게 책 한 권보다도 음식 한 그릇을 대접하고 싶다는 생각이 불쑥 들기도 했다.

『야생초밥상』에 이어 출간된 『엄마의 꽃밥』은 우리의 밥에 대한 이야기다. 한국인의 주식인 밥, 매일 먹고 평생 먹는 밥. 우리는 밥에 대해서 얼마나 많이 알고 있을까? 여기 다양한 밥에 대한 이야기를 풀어놓았다. 책 제목의 '엄마'라는 단어를 보면 누구나 떠오르는 것이 있을 것이다. 옛날 가난하던 시절에, 거친 일을 마다 않고 푼돈을 아껴가면서도 힘든 내색 없이 웃으며 밥상을 내오던 엄마. 남편과 자식들 먼저 배불리 먹이고, 식은 밥도 달게 받아들였던 그런 엄마 말이다.

이번 책 『엄마의 꽃밥』에는 나의 엄마도 취재 대상이 되었다. 엄마는 갓 시집왔던 시절에 먹었던 아까시꽃밥 이야기를 들려주셨다. "나는 그냥 흰 쌀밥이 더 좋아. 쌀이 귀하던 시절이라, 남자와 아이들만 쌀밥을 주었거든. 밥할 때 아까시꽃은 솥 한 귀퉁이에 올렸어. 쌀밥은 남자들에게 먼저 퍼주고, 남은 밥과 꽃을 섞어 밥 양을 늘려 여자들이 먹었지."

내게는 낭만적이고 달콤한 아까시꽃밥이 엄마에게는 기억하고 싶지 않은 과거라는 걸 알았을 때, 조금 충격을 받기도 했다. 배고픈 엄마의 주식이었던 아까시꽃밥은 수십 년이 지나 배부른 아들의 별미로 변했다. 이 꽃밥을 먹을 때마다 그 향기로움과 함께 엄마의 냄새를 떠올리곤 한다. 내 평생 엄마를 얼마나 이해할 수 있을까? 생각하니 아득한 느낌이다.

　　세상이 너무 빠르게 변한다. 먹거리에 대한 관심은 점점 뜨거워지는데 정작 한편에서는 속절없이 사라지는 먹거리들이 있다. 『야생초밥상』과 『엄마의 꽃밥』은 세상이 주목하지 않고, 심지어 있는지도 몰랐던 음식에 대한 이야기다. 사라지는 것이 아쉽고 안타까워 찾아내 재현하고 기록했다. 독자들이 책을 읽으며 맛과 추억에 대해 새롭게 음미하는 시간이 되었으면 좋겠다. 들판으로 나가 나물과 꽃을 따서 한상 차려 먹을 생각이 든다면 더 이상 바랄 게 없겠다.

사진가 이영균

차 례

들어가는 글 · 005

 원추리꽃쌈밥 · 016

 취나물복쌈 · 026

 메꽃쌈밥 · 036

 뽕잎나물밥 · 046

 화롯불묵사발 · 059

 머위쌈밥 · 070

 아까시꽃밥 · 080

 오이풀뿌리밥 · 091

 고춧잎나물밥 · 101

 질경이나물죽 · 111

차나무새순밥 · 122

 엉겅퀴나물밥 · 134

 갈퀴나물꽃밥 · 143

 가락지나물국밥 · 153

 복사꽃밥 · 162

 칡꽃밥 · 172

 쇠비름묵나물국밥 · 184

 쑥부쟁이나물밥 · 194

 매화꽃밥 · 204

 둥굴레뿌리밥 · 215

 청미래나물밥 · 226

원추리꽃쌈밥

"먼 기억 속에서
거슬러 오르듯이
아련한 단맛이
목구멍에서 올라왔다."

벌써 한 달 넘게 마른장마에 시달려온 마당의 풀들이 시들시들 말라가는 어느 날 아침이었다. 가까운 곳에 사는 지인에게 전화가 왔다. 그분은 내가 전화를 받자마자 가뭄 걱정을 한바탕 늘어놓고는 불쑥 원추리꽃이 피었냐고 물었다. 내가 왜 그 꽃의 안부를 묻냐고 하자 이번에는 조금 더 구체적으로 뒷산에 사는 원추리꽃이 피었냐고 물었다. 이런 무더위 판에 꽃구경할 여유가 있을 리도 없고 해서, 사람을 제외하고는 다 자연의 순리에 순응하면서 살아가니까 당연히 피었겠지요, 하고 대답해주었다. 사실은 뒷산 무덤가에서 날마다 얼굴을 마주하기 때문에 그것들의 꽃이 피었다는 것을 잘 알았지만 일부러 추측하듯이 말해주었다.

대체 상대방이 왜 그걸 물어오는지 그 진의가 궁금했기 때문이다. 원추리는 초여름부터 늦여름까지 계속 꽃을 피웠다 지기를 되풀이하는데, 올여름은 너무 가물어서 그것들은 애옥살이하듯이 간신히 버텨내고 있었다. 나는 그것들을 보면서 정말 독한 생명체라고 생각했다. 지난 몇 달간 비 한 방울 무게 있게 내려오지 않은 땅에다 발을 묻고는, 난초 같은 이파리는 예년보다 절반 이하로 가늘게 내뻗었지만 꽃송이만큼은 아끼지 않고 투자를 하여 그 고운 빛이 여전했다. 오히려 예년보다 더 성스럽게 빛이 났다.

나는 그런 꽃들을 떠올리다가 번쩍 정신을 차렸다. 그분은 혼자 뭐라고 중얼거리더니 지금 가면 원추리꽃을 딸 수 있냐고 물었다. 점점 알 수가 없었다. 그분은 약 70여 송이를 딸 수 있으면 좋겠다는 말도 덧붙였다. 나는 그렇게 많이 어디에 쓰려느냐고 물었다. 혹시 원추리색반을 하려느냐고 연달아 물었다. 그래놓고도 그분이 평소에 야생화에 대해서 관심이 크지 않았다는 사실을 떠올렸다. 그러니까 그분이 원추리색반을 할 리도 없다. 그분은 내 말이 끝나자마자 원추리색반 같은 음식을 자신이 어떻게 하냐고 껄껄껄 웃었다.

"그럼 원추리꽃차를 하시려고?"

"아니요. 내일이 어머니 생신인데 오늘 식구들이 모이기로 했거든요. 그래서 어머니 생신상에다 원추리꽃쌈밥을 해서 드리려고요. 원추리꽃쌈밥 아시죠? 이것도 옛날부터 우리 조상들이 해 먹었던 음식이더라고요. 그런 것 보면 우리 조상님들은 참 멋스러웠어요. 요즘 우리하고는 격이 달라요. 뷔페 같은 음식 문화 보세요. 그게 무슨 음식 먹는 겁니까, 난장판이지. 무조건 비싼 고기를 먹거나 뷔페에 가서 싼값에 배가 터지도록 먹으면 행복하다는 요즘 우리의 모습은 정상이 아닌 것 같아요. 우리 조상님들은 비록 가난했지만 먹거리 하나하나에 의미를 부여하고, 그것을 하늘과 땅 혹은 우주까지 다 생각하면서 갖은 의미를 다 부여하려고 했더라고요. 멋있잖아요? 원추리꽃쌈밥만 해도 그래요. 그 작은 꽃에다 밥을 넣어 쌈밥을 만든 다음, 자식들 생일상에 올렸으니…… 원래 쌈밥은 복쌈이라고 하잖아요. 모든 복을 다 싸서 먹는다, 이 뜻이죠. 우리 어렸을 때는 어머니가 생일 때마다 원추리꽃복쌈을 해주셨잖아요. 그 생각이 나서 이제 제가 한번 해드리려고요."

"아, 그러시군요. 저도 원추리꽃쌈밥은 말만 들었지 실제로 먹어본 적은 없어요. 어렸을 때 마을 어르신들이 그랬죠. 원추리 꽃을 보면 저것으로 밥도 해먹고, 쌈밥도 해먹고 그런다고요. 어떤 사람들은 원추리색반이 맛있다고 하고, 어떤 사람들은 생꽃으로 해먹는 쌈밥이 더 근사하다고 말했던 것 같아요. 근데 그 꽃에는 유독 진딧물이 많거든요. 꽃잎이 달고 독이 없어서 진딧물이 좋아하는 거죠. 저는 그걸 보고 어떻게 저런 생꽃을 따서 먹을까 하고 고개를 흔들었던 것 같아요. 아무튼 오십시오. 같이 가서 따봅시다. 근데 어머니가 정신이 멀쩡하신가요?"

"아니요, 더 심해지고 있습니다. 그런데 지금 모습이 더 좋아요. 아기가 되어가는 것 같아요. 우리 형제들이 가면 끌어안고 뽀뽀해대고, 보고 싶었다고 왜 이제 오냐고 어찌나 반기면서 맞이하시는지 몰라요. 그 모습도 천진난만한 아이, 어린 소녀 같아요. 사실 저도 이제야 한 인간 대 인간으로 살냄새 맡으면서 끌어안아요. 이렇게 다 무장해제가 되고 나니까 편안해지는 것을, 그동안은 생모가 아니라는 사실이 제 뇌리 속에 강하게 가시처럼 틀어박혀 있었나봐요. 어머니도 우리한테 친자식처럼 대한다고 하셨지만 당신 뇌리 속에는 역시 내 살점이 아니다 하는 생각이 뾰족하게 박혀 있었겠죠. 그런 뾰족함을 다 무장해제시킨 것이 치매라는 병입니다. 우린 너무 좋아요. 제가 초등학교 5학년 때 새어머니가 오셨어요. 저는 장남이라 모든 상황을 다 이해했고, 그래서 새어머니를 친어머니처럼 대하려고 했지만 그게 맘대로 안 되더라고요. 새어머니는 정말 우리한테 잘해주셨어요. 그래도 그게……."

그분은 잠깐 말꼬리를 흐리더니 다시 말을 이었다. 새어머니가 오시고 한달 만에 막내의 생일이 되었는데, 아침에 차려진 생일상이 갑자기 눈이 부셨다고 하였다. 노란 원추리꽃쌈밥이 장방형 상에 한가운데 놓여 있었다. 막내가 너무 예쁘다고 소리쳤다. 그의 눈에도 그 음식은 특별해 보였고 동생들의 시무룩한 표정을 보고는 웃을 수가 없었다. 막내만 빼고는 다들 시큰둥한 표정이었다. 그래도 새어머니는 전혀 개의치 않고, 동생의 나이만큼 만든 쌈밥을 모두에게 하나씩 먹으라고 하였다.

"원추리는 좋은 꽃이야. 독도 없고, 예쁘고 그래. 이 꽃송이를 따서 꽃술을 떼어내고 엄마가 밥을 넣었어. 이렇게 모든 복을 다 싸서 먹는다는 뜻이야……."

아버지는 이런 생일상은 처음이라고 고마워했다고 한다. 주위에 흔한 풀꽃으로 이런 뜻깊은 음식을 만들어내는 새어머니에게 한없는 찬사를 보냈지만, 그걸 들은 아이들은 괜히 시어머니가 미워졌다고 했다.

"그런 거죠 뭐. 입안에서 씹히는 맛은 사그락거리고 달착지

근해요. 새어머니 음식 솜씨가 좋거든요. 꽃송이에다 넣는 밥에는 조청이랑 깨를 넣어서 살짝 볶았더라고요. 그러니 얼마나 맛있겠어요. 그래도 맛있다고 하면 괜히 이혼해서 나간 생모한테 미안해질 것 같아서, 입안에 씹히는 감촉은 환장하게 좋은데 그걸 표현하면 동생들이 싫어하게 될까봐 그 표정을 감추면서 먹었던 맛이라 더 잊을 수가 없었어요."

나는 그렇게 의미 있는 음식을 마련하기 위해서라면 뒷산을 다 뒤져서라도 꽃을 따줄 테니 걱정 말고 오시라고 하였다. 그분이 오시자마자 곧장 산으로 올라갔다. 다른 날에는 흔해 보였지만 막상 찾으려고 하니 그놈들도 꼭꼭 숨어버려서 찾기가 쉽지 않았다. 게다가 꽃이 크고 화려한 왕원추리보다는 색깔이 곱고 맑은 각시원추리꽃만 찾다보니 더 품이 많이 들었다. 노랗게 꽃이 피는 각시원추리가 더 순하고 그 풀맛이 달다는 것을 나는 경험으로 알고 있었다. 원추리는 해가 떨어지면 꽃송이를 오므리기 때문에 서둘러야 했다. 그걸 따서 냉장고에 보관해도 저녁이 되면 오므라든다. 그러니까 그 전에 가서 음식을 다 만들어놓아야 한다. 그렇게 서너 시간 발품을 팔고서야 백여 송이의 원추리꽃을 딸 수 있었다.

마침 아내가 비빔밥을 했다고 하여 원추리꽃 몇 송이를 골라 쌈밥을 해서 먹어보기로 했다. 나팔 모양으로 핀 꽃송이의 원형을 훼손하지 않고 꽃술을 뜯어내는 것이 호락호락하지 않았다. 원추리꽃쌈밥은 눈으로 보는 맛을 가장 높게 쳐주기 때문에 꽃잎이 찢어지면 그 음식의 가치가 없다고 해도 과언이 아니다. 처음에는 계속 실패했지만 몇 번 하다보니 요령이 생겨서 꽃송이에다 상처를 내지 않고도 꽃술을 뽑아낼 수가 있었다. 거기에다 밥을 넣어서 접시에 담아보았다. 그걸 그냥 눈으로 보기만 해도 배가 부른 것처럼 만족스러웠고 즐거웠다. 절로 웃음이 나왔다. 입안에다 넣고 씹어보았다. 생잎이라 씹히는 감촉이 좋았다. 때때로 상추 같은 채소를 먹다보면 부담스러울 때가 있는데 이건 전혀 부담스럽지 않았다. 먼 기억 속에서 거슬러 오르듯이 아련한 단맛이 목구멍에서 거슬러 올라왔다.

"하아, 이런 맛으로 먹었군요. 어쨌든 고맙습니다. 이런 맛을 알게 해주어서요. 꽃술이 붙어 있는 꽃송이 아래쪽으로 갈수록 더 씹히는 맛이 좋고 달군요."

그는 오히려 자신이 고맙다고 하면서 원추리꽃이 든 아이스박스를 들고 사라졌다. 그날 밤 그는 원추리꽃쌈밥이 차려진 생일상과 원추리꽃쌈밥을 드시고 있는 어머니의 사진을 보내주면서 '덕분에, 어머니랑 우리 식구 모두가 어린애가 되어버렸습니다!' 하고 글을 남겼다.

큰원추리꽃. 꽃이 피는 과정이 독특하다. 하나의
꽃대에서 여러 송이의 꽃이 순차적으로 올라온
다. 먼저 핀 꽃은 늦은 오후에 지고, 다음 날 아침
에 기다리고 있었다는 듯이 새로운 꽃이 피어난
다. 하나의 꽃대에서 꽃이 피고, 지고, 자라는 모
습을 한꺼번에 볼 수 있다.

원추리는 예로부터 우리 조상들이 좋아
했던 풀이다. 꽃이 예뻐서 정원에다 심어놓고 감상하기도 하였으며
숱한 시와 그림의 소재가 되었다. 보통은 '넘나물' '넓나물'이라고 불
렀지만 여자들, 특히 시집온 여자들은 이 꽃을 보고 친정 걱정을 잊
었다 하여 '망우초忘憂草' '훤초萱草'라고 불렀으며, 이 꽃을 몸에 지니
고 다니면 아들을 낳는다고 하여 '의남초宜男草'라고도 불렀다. 원추
리꽃은 예로부터 여자들이 좋아하던 식물인 셈이다. 정월 대보름날
해먹는 원추리묵나물국은 유명하다. 그날 원추리묵나물국을 먹으면
여자들은 아들을 낳고 건강하며 많은 복이 온다고 믿었다. 원추리는
뿌리가 통통한 알뿌리인데, 그걸 캐서 가루를 만들어 국수나 떡을
해먹었다. 그러니까 원추리는 뿌리부터 줄기, 꽃까지 버리는 데 하나
없이 모두 먹을 수 있는 식물이다.

원추리꽃쌈밥

원추리꽃은 꽃술을 제거한 뒤 흐르는 물에 씻어 준비한다. 소고기는 달군 팬에 고슬
고슬하게 볶은 뒤 밥, 파와 함께 볶아 소금으로 간한다. 꽃술을 제거한 원추리꽃에
소고기볶음밥을 한 작은술씩 넣어 속을 채우면 원추리꽃쌈밥이 완성된다.

엄마의 꽃밥

원추리는 꽃봉오리 말고도 여러 부분을 다양하게 조리해 먹을 수 있다. 꽃봉오리는 말려 밥에 넣어 지어 먹거나, 어린순을 따 살짝 데쳐 조물조물 무쳐 먹어도 보들보들한 식감이 일품이다. 순은 말려서 묵나물로 먹기도 한다. 원추리는 말려도 색이 많이 바라지 않아 눈으로 한 번, 입으로 한 번, 합쳐서 두 번 먹는 재미가 있다.

원추리꽃쌈밥은 단순한 만큼 원재료를 성성한 그 상태 그대로 준비하는 게 관건이다. 원추리꽃은 아침에 피었다가 오후 서너 시가 되면 시들어버린다. 따라서 꽃을 따는 시간이 맛을 크게 결정하는데, 성성하고 곱게 핀 꽃을 따려면 오전에 산으로 가야 한다. 숲에는 각시원추리와 왕원추리가 있는데, 가급적이면 꽃이 예쁘고 고운 각시원추리로 만드는 것이 보기 좋다. 원추리꽃에는 독성이 전혀 없기 때문에 진딧물을 비롯하여 잎벌레 같은 곤충들이 모여들기 쉽다. 오전 11시를 넘어서면 제법 많은 곤충들이 모여서 꽃잎을 갉아먹기 시작하기 때문에 눈으로 보는 맛이 중요한 꽃밥에는 쓸 수가 없다. 원추리꽃은 꽃잎이 연하기 때문에 손질을 할 때도 아주 조심스럽게 다루어야 한다. 씻을 때는 꽃송이가 찢어지지 않도록 주의하며 꽃술을 떼어내고 꽃가루와 곤충들을 씻어내 꽃밥에 사용한다.

취나물복쌈

"찌푸리면 들어오던
복도 달아나버려.
정성껏 싸서
한입에 먹어야 한다."

음력 정월 대보름날 아침이었다. 아내가 와서 어서 일어나라고 타박하였다. 잠자리가 바뀌면 쉽게 잠들지 못하는 습관 때문에 새벽까지 이런 생각 저런 생각에 시달리다가 간신히 잠이 들었던 모양이다. 벽에 걸린 나이 든 시계는 7시 30분을 가리키고 있었다. 나는 아내가 준 땅콩 부럼을 깨물어 현관으로 껍데기를 툭 던지면서도 정신이 몽롱했다.

누가 보더라도 절터가 들어서면 가장 좋을 것 같다는 생각이 드는 곳, 그런 곳에다 한옥을 앉혀놓고 사는 친구 황이 손을 흔들었다. 아침 식사는 본채에서 한다고 하였다. 한옥은 모두 네 동으로, 남쪽에 있는 본채는 주인 내외가 기거했고 나

엄마의 꽃밥

머지 세 동은 펜션으로 쓰고 있었다. 군대 친구인 황은 4년 전에 기자 노릇을 접고 충청도 광덕산 품으로 들어와서 새로운 생을 달구고 있었다.

"곧 보름인데 별다른 일정이 없으면 우리 집에 와서 놀다 가게. 그 전날 와서 놀다가 아침 먹고, 저녁에는 옛날 어린 시절로 돌아가서 쥐불놀이도 하고 그렇게 놀아보세. 모두 다섯 가족을 초대할 생각이네. 자네만 오면 다들 참여할 것 같아. 다들 좋은 사람들이네."

일주일 전에 그런 전화를 받았다. 사실 나는 보름날 마을에서 다른 일정이 있었지만 친구 황의 전화를 받자마자 그리하겠다는 말을 망설임 없이 뱉어내고야 말았다. 얼굴을 보지 않아 알 수는 없지만 황의 목소리에는 꼭 같이했으면 좋겠다는 어떤 간절함이 깃들어 있었다. 그건 나뿐만 아니라 황의 전화를 받고 모여든 다른 지인들도 비슷한 느낌을 받았다고 했다. 우리는 어젯밤 늦게 모여서 자정이 이울도록 술을 즐기면서 각자 살아가는 이야기를 차분하게 풀어놓을 수 있는 자리를 마련하였다. 비록 처음 만났지만 그런 짧은 시간만으로도 우리는 여기에 모여든 사람들의 삶을 짐작할 수 있었다. 그들이 나를 반갑게 맞아주었다. 부모를 따라온 아이들도 낯익은 이웃 어른들을 대하듯이 인사하였다. 이런 인사만 받으면서 살 수 있다면 얼마나 좋을까. 그런 달콤한 생각을 잠깐 하였다.

"자, 식사들 하십시오, 뷔페식입니다. 각자 나와서 드시고 싶은 만큼만 담아가세요. 보름이라 오곡밥이랑 나물을 준비했습니다. 알아서 드시고요, 복쌈은 꼭 하시기 바랍니다."

친구 황이 가무스름하게 탄 얼굴 가득 웃음을 퍼올리면서 말했다.

손님들은 접시에다 음식을 담아 동그랗게 놓인 앉은뱅이 식탁에 앉았다. 친구 황이 술잔을 돌리고 와인 병을 열었다. 공평하게 아이들까지 모두 다 술잔을 채운 다음 귀밝이술을 마셨다. 그런 다음 취나물장아찌를 가져다가 오곡밥을 놓고 정성껏 싸기 시작했다.

참으로 오랜만에 먹어보는 복쌈이었다. 이런 복쌈을 먹어온 전통은 내가 중학교를 졸업할 때까지 이어졌다. 할머니는 늘 취나물장아찌를 준비했다가 밥상에 올려놓고는 복쌈을 하라고 하셨다. 할아버지는 아무런 말씀 없이 취나물장아찌에다 오곡밥을 한 술 놓고 대충 말아서 드셨다. 할머니는 할아버지가 드신 다음에야 우리들을 골고루 쳐다보면서 어서 쌈을 싸먹으라고 하셨다. 나는 취나물장아찌로 복쌈을 할 때마다 김이 생각났다. 친구들 중에서 몇 명은 김으로 복쌈을 한다는 것을 알고 있었기 때문이다. 그 짭짤하면서도 달콤한 김쌈이 생각나서 취나물복쌈을 먹을 수가 없었다. 할머니는 그런 내 마음을 어떻게 알았는지 김보다 취나물이 더 몸에 좋다고 하면서, 장아찌를 두고 구수하게 볶은 취나물잎을 펼친 다음 거기에다 오곡밥을 싸서 나한테 내미셨다. 취나물묵나물을 기름에 볶아서 그런지 복쌈은 구수하고 맛이 좋았지만 그래도 김쌈보다는 맛이 없을 거라 생각했다.

"이건 맛있게 먹어야 복이 들어오는 것이야. 맛없게 얼굴 찌푸리고 먹으면 들어오던 복도 달아나버려. 최대한 정성껏 복을 싸서 한입에 넣고 먹어야 해. 많이 먹을수록 좋단다. 복쌈을 만들어

엄마의 꽃밥

취나물은 향소라고도 한다. 그만큼 향긋한 향기가 좋다. 그런 향을 유지하려면
살짝만 삶아서 묵나물을 만드는 것이 좋다. 취나물잎은 잎맥이 많아서 다소
질길 수 있다. 조금 부드럽게 먹기를 원한다면 충분히 삶았다가 말려도 된다.
그래도 이파리는 전혀 물러지지 않는다.

서 접시에다 수북이 쌓아놓고 먹으면 더 좋고. 그러니 많이들 먹어라."

　우리 집은 취나물로 복쌈을 하였지만 다른 집들은 곰취나 각시취 같은 나물들을 쓰기도 했다. 취나물은 산나물 중에서는 가장 많이 먹는 풀이었다. 마을 어른들은 봄날 틈만 나면 취나물이나 고사리를 꺾기 위해서 무리를 지어 산으로 갔다. 어른들이 산에 한번 갔다가 오면 한뎃솥 아궁이가 분주하게 연기를 뿜어댔고 삽시간에 마당이 풍요로워졌다. 온갖 나물들이 삶아져서 이곳저곳에 널려 있었기 때문이다. 나는 산이 얼마나 인간을 풍요롭게 하는지 그때 알았다. 그래서 그런지 산으로 나물을 뜯으러 가는 어른들 표정은 늘 밝았다. 일이 아니라 아이들처럼 산놀이 가는 것 같았고, 실제로 어른들이 들고 가는 봇짐에는 술병이 꼭 들어 있었다. 집집마다 나물은 풍요로웠고, 특히 보름날이면 꼬들꼬들한 나물 반찬들이 겨우내 추위에 지친 사람들의 몸을 달래주었다.

　나는 중학교를 졸업한 다음 대도시로 유학을 가면서 그런 전통으로부터 멀어지게 되었다. 그리고 까마득한 시간이 흘러서야 이런 음식을 맞이하게 되었다. 묘하게도 내가 어른이 되었다는 것이 실감나지 않았다.

　나도 모르게 그런 기억들을 끄집어내서 말을 하였다. 그러자 옆에 있는 윤씨가 가만히 입을 열었다.

　"저도 한 40년 만에 먹어보는 복쌈입니다. 너무 감사드리고요. 우리는 도시에서 살았는데 취나물을 준비할 수가 없어서 늘 묵은 김치에다 복쌈을 해서 먹었어요. 딱 한 번 이웃집에서 준 아주까리 이파리에다 복쌈을 한 적이 있어요. 말린 아주까리잎을 볶

　　　　　　　　　　　　　　　　　엄마의 꽃밥

앉는데, 어머니가 그걸 펼쳐서 복쌈을 해주시면서 '우리 아들 올해는 건강하고, 친구들 많이 사귀고, 공부도 잘했으면 좋겠다' 하고 먹여주시던 기억이 생생하네요."

"저희는 그냥 시래기나물에다 밥을 둘둘 말아서 복쌈이라고 먹었어요."

"저희는 깻잎에다 싸먹었어요. 엄마가 깻잎을 펼쳐놓고 오곡밥을 넣어 하나씩 추려 올리면서, 이것은 우리 아들 건강 복, 이것은 좋은 친구 복, 이것은 공부 복, 이것은 잘 노는 복, 이것은 잘 먹는 복, 하고 싸주셨어요."

다들 그렇게 한마디씩 하는데, 내 왼쪽에 앉은 오씨만이 유독 표정이 어두웠다. 오씨는 음반을 열 장이나 낸 가수였다. 오씨는 한참을 생각에 잠긴 듯하다가 혼잣말에 가깝게 입을 열었다.

"저도 이런 음식을 먹게 해주어…… 너무 감사드립니다. 복쌈을 먹으려고 하니까 엄마 생각이 나서요. 엄마가 5년 전에 요양병원에서 돌아가셨는데, 전 한 번도 살갑게 대해주지 못했어요. 그냥 바쁘다는 핑계로 치매 증상이 나타나자마자 요양 병원부터 찾았고요. 생각해보니 제가 지금까지 노래를 할 수 있었던 건 엄마 때문이 아닌가, 그런 생각이 드네요. 제가 어려서부터 유독 노래하는 걸 좋아했거든요. 근데 어느 해 보름날, 아마 대학 다닐 때 같아요. 노래를 그만하겠다고 좌절한 저한테 '올해 목소리 복이 많이 들어와서 우리 딸이 더 좋은 노래를 할 수 있었으면 좋겠다. 아니 평생 좋은 노래를 하고 사는 사람이 될 수 있도록 복을 가져다주었으면 좋겠다' 하고는 복쌈을 해주시더라고요. 아빠는 제가 노래하는 걸 반대하셨지만 엄마는 한 번도 막아보신 적이 없었거든요. 그래서 그랬는지 그때 복쌈을 먹는데 그렇게 눈물이 나더라고요. 예에, 그랬던 기억이 나서요…….”

분위기가 숙연해질 즈음 주인인 황이 나섰다.

“이런 복쌈 하나에도 다들 인생이 들어 있네요. 듣고보니 가슴이 뭉클하기도 하고…… 그러면서 뭔가 알 수 없는 감동이 밀려와요. 그냥 여러분들의 살아가는 이야기를 듣는 것 자체만으로도 힘이 느껴져요. 사실 여기에는 제가 가장 보고 싶은 분들만 모셨는데…… 특별한 이유는 없고요, 그냥 한번 보고 싶었습니다. 나이 오십이 넘어가면 좀 더 여유롭게 천천히 살자고 했는데 세상은 그렇지 않더라고요. 더 빠르고, 더 각박해지더군요. 그래서 작년에 많이 힘들었습니다. 진짜 다 정리하고 어디로 가고 싶은…… 우울증도 왔고요. 저는 저대로, 집사람은 집사람대로…… 그래서 뭔가 힘을 내보자는 뜻에서 저랑 집사람이 보고 싶은 사람들을 불렀습니다. 그냥 그러고 싶었는데, 취나물에다 복쌈을 하면서 저는 더 이상 욕심부리지 말자, 복쌈이란 재물이 들어오게 해달라는 염원이 들어 있지만 그런 것 안 들어와도 좋으니 그냥 이런 분들이랑 더 좋은 인연을 맺고 웃으면서 살게 해달라고, 그런 복을 많이 받고 싶다고 생각하면서 복쌈을 먹었습니다. 모두 감사드리고, 맛있게 드십시오.”

박수가 터졌다.

엄마의 꽃밥

─────────────── 우리 조상들은 대보름 아침에 온 식구
들이 모여서 복쌈을 해먹었다. 쌈이란 무엇을 '싼다'는 뜻이다. 그러
니 복쌈이란 '복을 싸서 먹는다'는 뜻이다. 크게는 대보름날 풍년을
기원하고 작게는 식구들의 건강을 기원하는 것이다. 부럼, 귀밝이술
도 복쌈이랑 같이 먹었다. 바닷가에서는 김으로 복쌈을 하였고, 김이
귀한 곳에서는 이파리가 크고 넓적한 나물로 대신하였다. 그중 대표
적인 복쌈의 재료가 취나물이었다. 그만큼 취나물이 흔하고 맛있기
때문이다.

복쌈을 하는 재료는 딱 정해진 것이 없다. 집마다 다 다른데, 복쌈을
하려고 일부러 이파리가 넓은 나물을 준비하는 집도 있었고 따로 준
비하지 않는 집도 있었다. 준비하지 않는 집은 그날 밥상에 오른 나
물을 최대한 이용했다. 그중에서 가장 잎이 넓은 나물을 집어다가
펼쳐서 복쌈을 했다. 잎이 넓은 나물이 없으면 시래기나물을 모아서
복쌈 흉내를 내기도 했다. 복쌈으로 가장 많이 쓰인 나물은 취나물,
아주까리 같은 나물이다. 그래서 예전에는 대보름날 복쌈용 나물을
얻기 위해서 아주까리나무를 울타리 근처에다 한두 그루씩 키웠다.
나물도 없으면 김장김치로 복쌈을 했다. 재료가 중요한 것이 아니라
복쌈을 하는 마음이 중요하다는 뜻이다.

복쌈을 하는 방법도 어떤 규칙이 없다. 나물에 따라 적당히 밥을 놓
고 보이지 않게 싸면 된다. 그러니 누구 눈치 볼 필요도 없다. 다만
복쌈을 많이 쌓아두고 집에 사는 여러 신들에게 절을 한 다음에 먹
으면 더욱 복이 쌓인다고 믿었다. 그래서 방 가장 윗목에다 정안수
와 함께 온 식구들이 싼 복쌈을 탑처럼 쌓아놓고 절을 한 다음에 먹
기도 했다.

참취묵나물볶음

취나물은 줄기가 위로 솟아오르기 전에 딴다. 줄기가 솟아오를 때는 이파리가 작고 뻣뻣하다. 취나물은 맛이 순하기 때문에 벌레가 많이 타는 풀이나 벌레가 타지 않는 것을 골라 딴다. 어린 잎을 데친 뒤물에 불린 다음 간장과 들기름을 넣어 볶는다.

취나물복쌈

취나물볶음을 펼쳐 밥을 올리고 줄기로 둘둘 두르면 복쌈이 된다. 예부터 복쌈을 쌀 땐 접시에 탑처럼 높이 쌓아올릴수록 복도 쌓이는 것이라고 믿었다. 할아버지부터 어린아이까지 집안 식구가 모두 모여 복쌈을 층층이 쌓으며 한 해의 소원을 빌기도 하고 각자 바라는 것들을 말하기도 하던 풍습이 있다. 아주 간단하지만 푸짐하게 쌓 아놓으면 손님맞이상에 내기 딱 좋다.

메꽃쌈밥

"엄마는
메꽃이 동그란
통꽃이라 좋대요.
저 꽃이 사람의
미소 같다고요."

잡지사에서 나를 취재하겠다고 하여 모든 시간을
비워놓고 기다렸더니 30대 초반의 여자 혼자 나
타났다. 자신을 프리랜서라고 소개한 엄씨는 무거
운 카메라 가방까지 메고 낑낑거리면서 언덕길을
올라왔다.

"보통은 사진 찍는 분이랑 그렇게 두서너 명
오는데……."

내 말에 엄씨는 고개를 끄덕거렸다.

"원래 저는 사진만 찍어왔어요. 그런데 사보
대행을 해주는 기획사에서 글까지 같이 써줄 수
없냐고 묻더라고요. 기업체에서 사보에다 쓰는 예
산이 계속 줄어들고 있다면서 작가를 따로 쓸 수
가 없대요. 그래서 망설이다가 한번 해봤더니 반

응이 좋아서 이렇게 글도 쓰고 사진도 찍고 있습니다."

그 말을 들으니 참으로 씁쓸했다. 글 쓰는 일과 사진 찍는 일을 병행한다고 해서 고료가 늘어나는 것도 아니었다. 예전에 두 사람이 하던 일을 한 사람이 해내야 하지만 고료는 그 절반밖에 주지 않으니 살아가는 것이 팍팍할 수밖에 없다고 그녀는 하소연을 하였다. 그녀는 벽에 걸려 있는 우리 아이의 어릴 적 사진을 보고 참 귀엽다고 하였다. 그래서 나도 모르게 결혼했냐고 물었다. 그러고는 아차 실수한 게 아닌가, 하고 그녀의 눈치를 살폈다. 그녀는 마치 노련한 연극배우처럼 전혀 표정을 드러내지 않았고, 어디론가 전화를 걸고 나서야 휴대전화 화면에 떠 있는 아이 사진을 보여주었다. 여자아이였다.

"선생님, 제 딸이에요. 어디 가서 이런 말 안 하는데…… 선생님 댁에 와서 이상하게도 이런 말까지 하게 되네요. 저 벽에 걸려 있는 선생님 따님 사진을 봐서 그런가, 아니면 선생님이 편해서 그런가. 히히히, 예쁘죠? 아뇨. 결혼은 안 했어요."

사진 속의 아이는 초등학교 1~2학년쯤으로 보였다.

"제가 괜한 걸 물었나보네요."

"아니에요. 그냥 저도 모르게…… 헤헤헤, 제가 대학 다닐 때 좋아했던 남자가 있었는데, 결국 헤어졌지요. 근데 헤어지고 나니까 임신 증세가 나타나는 거예요. 그때 얼마나 고민했는지 몰라요. 결국 엄마한테 말했지요. 그랬더니 엄마가 고민하더니 낳으라고 하시더라고요. 대신 당신 딸로 키우겠대요. 호적에도 그렇게 올리고요. 근데 그건 아니잖아요. 그래서 낙태하겠다고 했는데, 몇 번이나 병원 근처를 갔다가 결국 못 들어가고…… 혼자 낳아버렸어요. 그걸 후회해본 적은 없지만 가끔은 쓸쓸하고 힘들어져요. 제가 하고 싶었던 일들을 포기할 수밖에 없는 현실이…… 그러다가도 딸을 보면, 그 녀석을 낳은 것이 제가 이 세상에서 가장 잘한 일이라는 생각이 들고요. 저는 전부터 소수민족들의 삶을 카메라에 담아보고 싶었거든요. 세계의 오지를 찾아다니면서요. 저를 잘 아는 지인들은 딸을 키워서 같이 여행 다니면 되지 않겠냐고 하지만 과연 그게 가능할지, 요즘은 사실 회의적일 때도 많아요. 나이가 드니까 부모님도 챙겨야 하고…….”

나는 집 안에서 대충 사진을 찍은 다음 밖으로 나가자고 하였다. 우리 집 뒤에는 떡갈나무들이 차일을 쳐서 햇살을 가려주는 조붓한 숲길이 있다. 우리는 그 길을 걸으면서 많은 이야기를 나눴다. 그녀는 최근에 나온 내 작품에 대한 이야기를 집중적으로 물었고, 이런 전원에 나와서 살게 된 배경을 알고 싶어 했다. 그러다가 자신도 모르게 자기 이야기를 하기도 했다. 그녀는 초등학교 1학년 때까지 시골에서 살았는데, 그 아련한 기억 속에 담겨 있는 풍경이 늘 그립다는 말도 하였다.

그러다가 계곡가에서 동그랗게 핀 연분홍 꽃을 보고는 저것이 무슨 꽃이냐고 물었다. 그녀는 내가 대답하기도 전에 나팔꽃은 아니죠, 하고 물었다. 내가 고개를 끄덕이자, 저것은 분명 어디서 많이 본 풀인데 기억이 나지 않는다고 얼굴을 찡그렸다. 안간힘을 다해서 그 풀꽃에 대한 기억을 낚아보려고 애를 쓰고 있는 것이었다. 나는 재빠르게 메꽃이라고 알려주었다. 메꽃은 이런 산비탈엔 물론이요, 무덤가, 밭 주위, 인가 울타리나 돌담 주위에 많으며 바닷가에서도 볼 수 있다. 꽃은 나팔꽃하고 비슷하지만 이파리는 다

르다. 나팔꽃잎은 하트 모양이고 메꽃잎은 좁고 길쭉하다. 나팔꽃은 한해살이풀이지만 메꽃은 여러해살이풀이다. 뿌리도 덩굴처럼 옆으로 뻗는데, 그걸 캐서 먹는다. 생고구마 맛이 난다. 생뿌리를 밥에 넣어서 지어 먹기도 하고, 말린 가루로 죽이나 떡을 해먹기도 한다. 덩굴은 오른쪽에서 왼쪽으로 뻗는다. 그 말에 엄씨는 '아, 기억났다!' 하고 펄쩍 뛰어서 메꽃 쪽으로 갔다.

"우리 엄마가 그렇게 말했어요. 덩굴 중에서 왼쪽으로 감고 가는 풀이 드물대요. 우리 엄마는 이걸 왼손잡이풀이라고 했어요. 그래서 기억나요. 이거 꽃도 먹죠? 그렇죠?"

갑자기 그녀의 얼굴이 밝아졌다.

"예, 샐러드 해먹어요. 이파리나 꽃은 먹을 수 있어요. 물론 많이 먹으면 설사를 할 수도 있지만 다른 풀이랑 같이 먹으면 괜찮아요. 꽃도 맛있어요. 특히 씹히는 맛이 좋지요. 꽃술을 떼어내고 먹는데 꽃송이 아래쪽은 달아요."

"맞는 것 같애! 그 풀꽃이 맞아! 혹시 이걸로 밥도 해먹나요?"

그녀는 상상도 할 수 없을 만큼 들떠 있었다.

"어, 그걸 어떻게 아셨어요? 메꽃으로 밥을 해먹는다는 사실을 아는 사람은 거의 없을 텐데요. 저도 어린 시절에 산밭에서 일하다가 딱 한 번 먹어보았어요. 그런데 이것은 꽃송이를 따서 한 5분만 걸어가면 시들어버려요. 그러니 꽃밥을 하기가 무척 힘들지요."

"와 맞구나! 이제 확실하게 기억이 났어요. 아빠랑 같이 강가에서 먹었던 기억이 나네요. 우리 엄마는 나물밥을 잘하셨어요. 읍내에서 살다가 시골로 시집을 갔는데 음식 하는 걸 배우지 못해

엄마의 꽃밥

서 김치도 못 담갔대요. 그래서 주위에 있는 온갖 나물들 꽃들을 따다가 밥에 넣어서 밥을 지었대요. 나물밥은 간장만 있으면 따로 반찬이 많이 필요 없으니까요. 다행히도 아빠가 그런 음식을 좋아해서 큰 문제가 없었대요. 하지만 서울로 이사 와서는 그런 음식을 먹을 수 없었다고 하면서, 요즘은 부쩍 그런 이야기를 많이 하시네요."

그녀는 얼굴에 흘러내리는 땀을 한 번 훔쳐내고는 나를 보고 배시시 웃었다. 아이 같았다. 꼭 메꽃 같았다.

"엄마는 메꽃이 동그란 통꽃이라 좋대요. 저 꽃이 사람의 미소 같다고요. 10년 전에 아빠가 말기암 진단을 받고 집안이 초상집이 되었죠. 그때 엄마가 들꽃 보러 가자고 하면서 식구들 몰고 경기도 가평 어느 강가로 갔어요. 거기서 돗자리 펴고, 밥이랑 삼겹살이랑 구워 먹고 뒹굴뒹굴하는데 엄마가 메꽃을 따오더니 꽃밥을 만들었어요. 메꽃은 어두운 곳에서 밝은 곳으로 뻗어 나와 피는 꽃이라고 하면서 저 꽃처럼 절망하지 말고 희망을 갖자고요. 그때 메꽃으로 만든 꽃밥을 처음 먹었어요. 아빠는 그 꽃밥을 보고 '참 예쁘다' '달다' '사그락거린다', 그런 표현을 쓰면서 천천히 드셨고, 애써 웃으셨어요. 그리고 기적이 일어났지요. 아빠가 완치되셨거든요. 요즘도 아빠는 그 이야기 많이 하셔요. 게다가 지금은 엄마가 아프시거든요. 많이 아파요. 며칠 전에는 엄마가 삶을 포기한 것 같아서 안타깝다고 아빠가 눈시울을 붉히시더라고요. 아빠한테 이 메꽃 이야기를 해드려야겠네요. 그리고 우리 딸이랑 여기 한번 오고 싶어요. 그래도 되지요?"

그런 일이 있은 뒤로는 날마다 그 메꽃이 사는 곳으로 가서 안부를 물었고, 주변에 더 강한 풀들이 밀려오면 어쩔 수 없이 개입하여 뜯어냈다. 그렇게 보름이 지났는데도 엄씨한테는 연락이 없었다. 그러자 나 역시 날마다 가던 발걸음이 이틀에 한 번, 사흘에 한 번, 나흘에 한 번…… 그런 식으로 멀어졌다. 그러던 중, 요란하게 소나기가 지나간 날이었다. 나는 무심코 산책을 하다가 수런거리는 말소리를 듣고 메꽃이 사는 계곡으로 움직였다. 엄씨는 내가 알아보기도 전에 그늘에서 일어나 손을 흔들었고, 그녀의 딸도 인사를 하였다.

"일 때문에 늦었어요. 그래서 연락 안 드렸어요. 우리 딸이 너무 좋아하네요. 이런 밥을 먹어보는 어린이는 대한민국에서 자기뿐이라고 하면서 사진 찍어 메신저에 올리고 야단이에요. 엄청 달대요. 이거 우리 딸이 다 만든 겁니다. 한번 드셔보세요. 메꽃 특유의 맛을 방해하지 않으려고 밥에다 간장만 조금 넣고 살짝 볶아왔어요. 메꽃이 얇고 여린데 생각보다 오래 씹히는 걸 보니 제법 질기네요. 근데 하나도 불편하지 않아요. 한없이 밥을 먹겠어요. 선생님, 일단 오늘은 우리만 나왔고요. 조만간 부모님이랑 다 같이 오려고요. 엄마한테 이 이야기를 했더니 어찌나 좋아하시던지요. 이런 곳에 와서 살고 싶다고 해서 아빠가 부랴부랴 집 보러 다니시고 있답니다."

나는 너무 잘된 일이라고 하면서, 엄씨를 꼭 닮은 아이가 주는 꽃밥을 받아 입에 넣었다. 아이의 살냄새가 났다. 아이의 동그란 웃음이 떠올랐다. 나도 그렇게 웃고 싶었다. 나도 그렇게 누군가에게 꽃밥을 만들어주고 싶었다.

엄마의 꽃밥

—————————— 우리나라에는 메꽃과의 식물이 메꽃, 나팔꽃, 고구마 이렇게 세 종이 있다. 이중에서 메꽃이 우리나라에서 가장 오래 살았다. 나팔꽃도 중국을 통해서 들여온 풀이고, 고구마는 일본을 통해 들어온 풀이다. 나팔꽃은 겨울을 나지 못해 씨앗으로 월동한다. 고구마는 씨앗이 없어서 인간의 도움을 받아야만 겨울을 날 수 있다. 메꽃은 고구마처럼 뿌리가 크지는 않지만 일반적인 풀뿌리보다는 굵고 생밤이나 생고구마 맛이 난다. 그렇기 때문일까, 옛날 사람들은 메꽃뿌리를 땅에서 나는 밤이라고 하여 '땅밤'이라고도 불렀다. 고구마나 감자가 들어오기 전까지만 해도 우리나라 사람들은 메꽃뿌리를 캐다가 다양하게 조리해 먹었다.

메꽃은 아침 일찍 피었다가 오후에 시드는 꽃이다. 그것으로 쌈밥을 하기 위해서는 싱싱한 꽃이 필요하기 때문에 가급적 아침에 따는 것이 좋다. 메꽃은 꽃잎이 얇아서 따자마자 햇볕을 받으면 시들어버리기 때문에 채집한 꽃을 바로 보관할 만한 통을 준비해야 한다. 볕이 잘 드는 곳에서 자라는 메꽃은 더 일찍 시든다. 풀숲 깊은 곳에서 볕

백 년에 한 번 핀다는 고구마꽃. 메꽃과 비슷하다. 예전에는 거의 볼 수 없었지만 요즘은 비교적 흔하게 볼 수 있다. 아마 여러 가지 고구마 품종을 개량하면서 생긴 유전적인 변이로 이런 현상이 나타나는 것 같다. 고구마꽃은 오전에 피었다가 점심 전후로 시들어버린다. 고구마꽃도 메꽃처럼 꽃쌈밥을 해서 먹을 수 있다.

메꽃뿌리는 맛이 강하지 않아 부담을 주지 않으며 은근히 혀를 보듬는 것이, 밥에 넣거나 샐러드로 해먹어도 질리지 않는다.

을 적게 받고 있는 것을 골라서 따면 오후에도 싱싱한 꽃을 구할 수 있다. 메꽃이 빨라 시들기 때문에 재료를 구하는 곳 근처에서 밥을 만들어야 한다. 다행히도 메꽃은 생명력이 강하고 덩굴풀이기 때문에 우리나라 전역의 울타리 근처에서 쉽게 볼 수 있다. 바닷가에서 자라는 메꽃은 독성이 있다고 알려졌기 때문에 가급적이면 쓰지 않는 것이 좋다.

메꽃쌈밥

메꽃은 꽃잎이 얇아도 의외로 씹히는 질감이 제대로 느껴진다. 메꽃 자체가 원추리
꽃처럼 향과 맛이 강하지 않기 때문에 밥에다 더 신경을 써야 한다. 아이들에게 먹
이려면 볶음밥을 준비하는 것이 좋고 어른들은 나물밥이 좋다. 나물밥을 할 경우 나
물을 잘게 썰어서 밥을 한다. 맨밥을 할 경우 약간 간을 해서 준비한다. 바다에서 나
는 다시마 같은 풀을 넣고 지은 밥도 메꽃과 궁합이 잘 맞는다.

뽕잎나물밥

"보약보다
뽕잎이 더 좋아.
몸에 좋으니까
모든 동물들이
좋아하잖아."

지난주 토요일은 시아버지의 제삿날이었다. 결혼한 지 한 달밖에 되지 않아 새로운 생활에 아직은 적응되지 않은 상태인데, 시아버지의 제사라는 큰일이 들이닥치자 마음이 불안했다. 더구나 목사의 딸인 나는 지금껏 살아오면서 한 번도 제사를 지내본 적이 없었다. 그래서 나는 제사 음식을 파는 곳을 여기저기 알아보던 중이었다. 남편은 그런 내 마음을 알고는 전혀 신경 쓰지 않아도 된다고 하였다.

"몇 년 전에 어머니가 형제들을 모아놓고 말씀하셨어. 제사를 형식적으로 하지 말고 편안하게 하자고. 아버지가 살아생전에 좋아하시던 음식으로 준비해서 온 가족이 모여서 한 끼 밥을 먹듯이 조용하게 지내자고. 그래서 제사상에다 우리가 먹는 음식 그대로 올려놓고 아버지 몫의 밥과 국을 놓으면 끝이야. 이번에는 어머니가 모실 차례야. 우린 맨 마지막이니까, 누나들 셋이 다 지낸 다음에 할 거야."

나는 그 말을 듣고도 무슨 말을 하는지 이해가 되지 않았다.

나는 거기까지 읽다가 주위에 있는 심사위원들에게 재미있는 글을 하나 발견했다고 말했다. '시아버지의 제사상에 오른 뽕잎밥'이라는 제목부터가 온갖 호기심을 유발시켰다. 나는 마을에 있는 작은 교회에서 열린 마을 백일장 대회 심사를 하고 있었다. 초등부, 청소년부, 일반부로 나뉘어서 진행되었고, 시제는 봄꽃, 똥, 밥, 자전거였다. 다른 심사위원들도 어서 보고 싶다고 나에게 재촉을 하였다.

"아니, 뽕잎밥이 제사상에 오른다니. 그게 무슨 말이지요? 궁금하네."

드디어 시아버지의 제삿날이 되었다. 점심때쯤 시댁에 갔는데 이미 시작은아버지가 와 계셨다. 시작은아버지는 시어머니한테 "이번에는 무슨 음식이지요?" 하고 장난치듯이 물었다. 시어머니는 형님이 가장 좋아하는 음식이라고 말끝을 흐렸다.

"형님이 좋아하는 음식이라면 추어탕, 팥칼국수, 쑥인절미, 빠가사리매운탕, 시래기죽 그리고 뭐가 있을까? 아하, 맞아요. 뭔지 알겠어요, 형수님. 남들이 보면 우리 집안을 콩가루 집안이라고 할지 모르겠지만 전 이런 제사가 참 좋은 것 같아요. 형님이 살아 계실 때 가장 즐겨 드시던 음식을 후손들이 해먹으면서 돌아가신 분을 더 그리워하게 되고, 더 깊게 생각할 수 있고, 후손들도 가벼운 마음으로 즐겁고 편안하게 참여할 수 있잖아요."

"삼촌이 모든 걸 다 이해해줘서 너무 고맙네요."

저녁 5시쯤에 모든 가족들이 다 모였다. 시아버지의 제사상이 먼저 차려졌다. 시어머니가 준비한 대여섯 가지의 나물 반찬에 구운 조기가 있었고 시래깃국이 올라와 있었다. 내가 모르긴 해도 일반적인 제사 음식하고는 다 거리가 있는 음식이었다. 시어머니가 맨 마지막으로 들고 온 것은 나물밥이었다. 연초록색 이파리가 섞인 밥에서는 기름을 발라놓은 것처럼 윤기가 흘렀다. 내가 무슨 나물밥이냐고 묻자 시작은아버지가 뽕잎밥이라고 하였다.

"뽕잎밥요? 누에가 먹는 그 뽕? 그것도 먹어요?"

"암, 니네 시아버지가 가장 좋아하는 음식이 뽕잎밥이랑 뽕잎나물이다. 옛날 시골 집 마당에 큰 조선뽕나무 한 그루가 있었어. 이파리가 크고 넓적한 것은 일본뽕이고, 이파리가 가늘면서도 갈라진 것이 조선뽕이야. 형님뿐만 아니라 우리 조상님들 대부분이 그 뽕나무를 애지중지하셨지. 그 이파리로 누에도 키웠고, 밥도 해먹고 나물도 해먹고……."

"야아, 제사상에 뽕잎밥을 올린다? 참 파격적이네요. 하지만 뽕잎밥은 진짜 맛있지요. 뽕잎은 언제 먹어도 해가 없고 순해서 탈이 나지도 않아요."

엄마의 꽃밥

뽕잎나물밥에 넣는 새순은 가급적 여린 것을 쓴다. 여린 새순도 가위로 잘게
잘라서 쓰는 편이 좋다. 순이 좀 질기다 싶으면 이파리만 떼어내 쓴다. 새순이
가지에서 돋아날 때 열린 작고 푸릇한 열매도 떼어낸다. 뽕잎나물밥을 지을
때는 새순만 써야 뽕잎 특유의 구수하면서도 달고 신선한 맛이 난다. 뽕잎을
뜯으면 뽀얀 물이 나오는데 그 물이 밥에 배어 밥을 윤기 나고 차지게 만든다.

"갑자기 시조 한 수가 떠오르네요. '외로운 마을의 허연 머리 노부부 / 뽕 따고 삼 심고 개와 닭을 돌보네 / 기쁜 일은 손주들이 송아지처럼 튼튼하여 / 아침 내내 진흙탕을 기어다니며 노는 걸세.' 조선시대의 문인 벽옥란의 시 「농가에서 본대로 짓다農家卽事」의 한 대목입니다."

나는 잠깐 뜸을 들이다가 다시 그 글을 읽어나갔다.

"우리 할머니도 뽕잎으로 음식을 하셨어. 뽕잎을 덖어서 차도 만들었고, 데쳐서 나물도 해드셨지. 뽕잎나물은 순하고 맛이 좋아서 아이들이 좋아하는 반찬이었단다. 어른들은 뽕잎밥을 좋아했지. 특히 형님은 보약보다 뽕잎밥을 더 좋아하셨어. 가끔씩 형수님이 어떻게 보약보다 뽕잎이 더 좋냐고 물으면, 소나 돼지는 물론이요 살아 있는 모든 것들에게 뽕잎을 가져다줘보라고 하였어, 어디 싫어하는 것들이 있냐고. 그만큼 몸에 좋기 때문에 모든 동물들이 좋아하는 것이라고 하였어. 전라도에서는 '오돌게', 제주도에서는 '뽕낭여름'이나 '오동개비', 서울에서는 '오디'라고 하는 그 열매도 어린애처럼 좋아하셨지. 오디는 사람뿐만 아니라 새들이며 온갖 곤충들, 그리고 족제비, 너구리, 멧돼지 같은 동물들도 좋아해. 그러니 몸에 좋은 것은 사실이야."

시작은아버지의 말이 끝날 즈음 상이 두 개 더 차려졌다. 시어머니는 모두 앉고 나서야 다음부터는 귀찮게 제사상을 차리지 말자며 그냥 식구들이 먹는 밥상에다 시아버지의 밥그릇만 놓고 그 자리를 비워두자고 하였다. 시누이들이 가장 찬성했고, 시작은아버지도 그게 더 좋을 것 같다고 하였다.

"모두 다 이렇게 모여줘서 고마워요. 특히 삼촌, 고맙습니다. 나도 이제 생을 마감할 날이 머지 않아서 그런지 이런저런 생각이 많아요. 죽으면 제사고 뭐고 다 소용없는 것을, 살아 있는 사람들 위주로 하는 게 맞아요. 그래서 이렇게 하자고 했지만, 나 죽은 뒤에는 또 다르게 해도 상관없어요. 그 양반이 돌아가신 지 10년째인데 요새 더 생각이 많이 나요. 뽕잎밥도 이번에 생각했어요. 생각해보니 15년 전에 서울로 이사온 뒤로는 한 번도 해먹지 못했더라고요. 시골에서 살 때는 봄날 내내 뽕잎밥 해드렸는데, 그것이 어려운 것도 아니고 어린순 뜯어다 쌀이랑 같이 넣고 밥하면 되는 걸, 서울 와서는 그것 한 번 못 해드린 것이 못내 미안해지더라고요. 병원에 계실 때 몇 번 뽕잎밥 먹고 싶다고 하셨는데, 그때는 왜 그걸 무시해버렸는지…… 여보, 이제라도 와서 맛있게 드세요."

그 말을 들을 때는 가슴이 뭉클했다. 내 눈이 촉촉해졌다. 하지만 시어머니는 여기서 다른 남자 친구를 만나고 있으니 기다리지 말고 나비 닮은 예쁜 색시를 만나서 잘 사시라고 덧붙여 분위기를 바꿔버렸다. 나는 새삼 시어머니를 다시 쳐다보았다. 시어머니야말로 예쁜 나비 같았다. 갑자기 저렇게 늙을 수만 있다면 얼마나 좋을까, 그런 생각이 스쳐갔다.

"정말 대단한 어른이네! 존경스럽네요."

"그나저나 뽕잎밥 한번 먹고 싶은데……."

"심사 다 끝나고 우리 집으로 갑시다. 우리 집 뒤에 조선뽕나무가 있어요. 너무 간단해서요. 새순 뜯어다가 밥하면 되거든요.

다른 반찬도 필요 없어요. 아무래도 이 작품이 장원 같은데, 마지막 부분 읽을게요."

그로부터 사흘 뒤였다. 나는 시어머니한테 부탁하여 받은 뽕잎으로 밥을 해서 친정 부모님을 집으로 모셨다. 그분들도 뽕잎으로 지은 밥을 먹고는 이런 새로운 맛은 처음이라며 감탄하셨다. 내가 시아버지 제사상에 오른 밥이라고 하자 어머니는 사돈어른을 달리 봤다고 하였고, 재작년에 목사직에서 은퇴한 아버지는 한동안 말이 없더니 "나보다 깊은 어른이구나!" 딱 그 한마디를 무겁게 내려놓았다. 그러고는 남편이 마시던 막걸리를 보더니 "어이, 이 서방 나도 한 잔 따라주게" 하여 모두를 놀라게 하였다. 포도주 한 잔은 허락하였지만 다른 술은 독약처럼 금기시하던 당신이었다.

"막걸리나 포도주가 뭐가 다르다고…… 그 좁은 틀에 갇혀서 평생을 살았으니! 사돈어른께 많이 배우네. 어이, 이서방. 사돈어른께 잘 먹었다고 전해드리게. 그리고 조만간 한번 우리 집에 모시고 싶다 전해주고."

뽕나무잎은 주름이 선명하고 골이 깊을수록 더 좋게 친다. 5월의 여린 뽕나무순으로는 나물도
무쳐 먹고 장아찌를 만들어 먹을 수도 있다. 다 자란 잎으로는 멥쌀과 함께 쪄서 떡으로 먹거나
볕에 바짝 말려서 묵나물을 만들어 두고두고 먹을 수도 있다.

──────────────────── 원래 산에서 살던 뽕나무를 인가에 심기 시작한 것은 누에 때문이다. 인간이 명주실을 구하기 위해서 야생 누에를 사육하면서부터 뽕나무를 옮겨 심은 것이다. 중국 문헌인 『삼국지위서』『삼국지예전』『후한서동이전』 등을 보면 삼한시대부터 뽕을 치고 누에를 길러 옷을 짜 입었다고 적혀 있다. 그러니까 더 오래전부터 뽕나무를 심고 누에를 쳤을 가능성이 높다. 사람들은 뽕잎은 누에한테 주거나 음식으로 해먹고, 줄기는 껍질을 벗겨 노끈으로 쓰거나 종이를 만들었다.

뽕나무의 꽃은 색이 화려하지 않아서 쉽게 지나치기 일쑤다. 연둣빛 꽃과 잎이 먹빛 열매를 만들어내는 것 자체가 자연의 경이로움을 그대로 보여준다.

산뽕나무 열매는 일반적인 뽕나무 열매에 비해 크기가 작지만 맛은 더 좋다. 왼쪽 사진이 뽕나무 열매, 오른쪽 사진이 산뽕나무 열매.

뽕잎은 구황식물이었다. 흉년이 들거나 나라에 재난이 들어 식량이 부족해지면 여린 뽕나무순을 따다가 곡식가루를 적당히 넣고 죽을 쑤어 먹었다. 뽕죽은 식욕을 북돋아주고 피로 회복에 좋다고 하여 예로부터 농가에서 해먹었던 전통 음식이다. 뽕잎나물밥도 그렇게 해먹던 죽에서 발전한 것이라고 볼 수 있다.

엄마의 꽃밥

토종 산뽕은 이파리가 작고 양쪽으로 깊게 패어 있다. 주로 일본을 통해서 들여온 개량종 뽕은 이파리가 훨씬 크고 넓으며 산뽕처럼 이파리가 패어 있지 않아서 쉽게 구별이 가능하다.

뽕잎묵나물

봄이 되면 줄기에 갓 돋아난 뽕잎을 따서 만든다. 뽕잎에 붙은 어린 열매 도 함께 따서 묵나물로 만들면 더 맛 이 좋다. 살짝 데쳐서 말려 쓰는 게 정 통 방식이나, 요즘은 냉장고가 있기 때문에 데친 다음 말리지 않고 바로 냉동고에 보관하면 사계절 내내 필요 할 때마다 편하게 쓸 수 있다.

뽕잎나물

뽕잎은 성질이 순하고 쓴맛이 전혀 없다. 줄기는 부드럽고 잔털이나 가시도 없어서 살짝만 데쳐 나물로 무쳐 먹는다. 약간 단맛이 있으며 구수한 향이 난다. 잎과 줄기의 씹히는 질감이 좋아서 국으로 끓여 먹어도 맛있다.

뽕잎장아찌

요즘처럼 식초가 많지 않았던 옛적에는 주로 된장 항아리에다 장아찌를 박아두었다. 뽕잎장아찌도 우리 조상들이 즐겨 먹었던 음식이다. 나물로 할 때보다 더 크게 자란 줄기를 쓴다. 깻잎처럼 큰 이파리만 따서 장아찌를 담기도 한다.

뽕잎떡

뽕잎은 소로 넣은 팥을 상하지 않게 하는 성질이 있다. 또한 아무리 오랫동안 쪄도 이파리가 물러지지 않아 떡으로 만들었을 때 들고 먹기 좋다. 뽕잎떡은 들에서 일할 때 새참으로 갖고 나가거나 식구들 생일 떡으로 오르기도 했다.

화롯불묵사발

"어쩜 이렇게
담백한 맛이 날까요?
묵이랑 묵은 김치,
김칫국뿐인데."

오늘은 새로 이사 온 이웃집 사람들이랑 밥을 먹기로 했다. 야외 식탁으로 이웃집 식구들이 다가오자 마당에 핀 살살이꽃이 마중하면서 인사하였다. 나는 모깃불 겸 바비큐할 때 쓸 밑불을 마련하기 위해서 불을 살리고 있었다. 근처에 사는 다른 이웃들도 와서 마당은 제법 북적거렸다. 아이들이 살살이꽃 사이로 뛰어다니고 놀란 방아깨비들은 날아올랐다. 아파트라면 상상도 할 수 없는 우리가 잃어버린 풍경이었다.

"역시 아이들이 있으니까 생동감 넘치네요."

"맞아요. 마당 있는 집에는 아이들이 있어야 해요."

어른들은 한결같이 어린 시절이 행복했다고

말했다. 그 누구도 간섭하지 않았던 자유로운 놀이터가 있었고, 날마다 살을 비비면서 살아가는 동무들이 있었고, 하루 종일 동무들이랑 같이 있어도 싫증나지 않게 하는 수많은 놀이가 있었다. 그렇다면 요즘 아이들은 행복할까? 그 누구도 그렇다고 말하지 못하고는 하나둘씩 마실 나오기 시작하는 별들을 바라다봤다. 그들은 누가 시키지도 않았건만 잠시 묵상하듯이 자신들의 생을 돌아다보고 있었다.

음식이 나오고 삼겹살이 구워졌다. 이웃들이 한두 가지씩 준비해온 음식들이 식탁에 차려졌다. 마을 사람들을 대표로 내가 이사 온 이웃들을 환영하고 이곳에서 주위에 있는 모든 생명들과 행복하기를 바란다고 하였다. 그리고 가을무가 밑들기에 딱 좋은 바람을 맞아가면서 그 만찬을 즐기기 시작했다. 아이들은 아이들답게 부산하게 움직이면서 밥을 먹었지만, 차려진 음식들이 대부분 어른들 위주의 식단이라서 조금은 미안했다. 아이들 입맛을 달래주는 것은 숯불에 구워지는 삼겹살과 소시지뿐이었다. 몇몇 여자들이 아이들을 불러놓고는 "이거, 묵 먹어봐라. 이거, 여기 아저씨 아줌마가 직접 만든 묵이야. 몸에 좋은 거야" 하고 억지로 먹여보려고 했지만, 한 번 받아먹고는 그다음부터는 고개를 흔들었다.

"억지로 먹이지 마세요. 요즘 아이들이 묵을 먹겠습니까?"

"맞습니다. 학교 급식도 얼마나 잘 나오는데요. 이제는 돈가스, 불고기 이런 것도 촌스러운 요리가 되어버렸어요. 그러니 이런 묵을 먹겠어요? 심지어 빵도 함부로 안 먹어요. 빵집에 데려가면 아주 맛있고 비싼 것만 골라서 먹어요. 그런 시대입니다."

어른들은 그렇게 체념하면서 아이들한테 묶여 있던 눈빛을 거두어들였다. 그런데 새로 이사 온 이웃집 아이만이 어른들 틈에 끼어서 억지로 밥을 먹고 있었다. 초등학교 4학년이라고 소개한 그놈은 삼겹살이나 소시지는 거들떠보지 않고 밥에다 양념간장을 비벼댔다. 내 눈빛을 의식한 녀석의 아버지인 황보씨가 입을 열었다. 음식을 가리지 않고 먹이고 싶어도 아이가 하도 아토피가 심해서 그럴 수가 없다고 씁쓸하게 웃었다. 그러자 아내가 묵은 괜찮다고 했다. 아이는 이런 묵은 집에서도 많이 먹기 때문에 별로라고 고개를 흔들었다.

"괜찮아요. 신경 쓰지 마세요. 집에서도 이렇게 먹어요. 시골에서 할머니가 손자한테 먹이라고 묵가루를 늘 보내주지만 묵이라는 음식이 아이들 입맛에는 안 맞잖아요."

황보씨가 아내를 보고 말했다. 아내는 슬쩍 나를 불러내서 창고에 있는 화로를 끄집어내라고 하였다. 그 아이한테 묵사발을 해주겠다고 하였다. 그 말에 나는 알았다고 고개를 끄덕였다. 묵사발은 아내가 어린 시절에 가장 즐겨 먹었던 음식이었다. 나랑 연애할 때부터 아내는 묵사발에 대한 이야기를 자주 하였다. "방학 때 할머니 댁에 가면 늘 할머니가 해주시던 음식이에요. 화롯불 위에다 묵사발을 올려놓고 다람쥐 이야기, 산토끼 이야기, 옛날이야기 등 온갖 이야기를 들려주셨죠. 오빠랑 언니랑 나는 따뜻한 묵사발을 퍼서 먹으며 할머니 이야기 속으로 푹 빠져들었어요. 그러다보면 그 큰 묵사발을 다 비웠는데, 뭐라 표현할 수 없는 신비한 맛이었어요. 중독성이 있어서 밤만 되면 그게 기다려졌어요. 낮에는 동네 아이들이랑 놀던 기억, 밤이면 화롯불가에서 묵사발 먹던 기억밖에 나지 않을 정도로 특별한 맛이었어요." 아내는 그

맛을 잊을 수 없어서 맛있다는 묵밥집을 찾아 다녀봤지만, 아직까지는 그 기억 속에 박혀 있는 맛에 근접한 묵사발을 먹어보지 못했다고 하였다.

그래서 우리는 서울을 떠나 이곳으로 이사 온 뒤로는 직접 묵사발을 해서 먹었다. 아내는 묵사발을 먹을 때마다 어린 시절의 기억이 얼마나 소중한지 새삼 깨닫는다고 하였다. 서울내기인 아내는 묵의 원재료인 도토리나무의 생태부터 아주 정확하게 맥 짚고 있었다. "한번은 내가 가을에 할머니 댁에 갔는데, 마침 할머니가 도토리 따러 간다고 하시더라고요. 그래서 따라갔지요. 할머니가 큰 돌로 도토리나무를 치면 우수수 우수수 떨어지는 걸 제가 주웠어요. 할머니는 도토리나무야말로 사람에게 가장 이로운 나무라고 하셨어요. 나무는 땔감으로 쓰고, 이파리는 떡을 찔 때 쓰기도 하고, 열매는 묵이나 떡을 해먹고, 썩으면 영지버섯이랑 표고버섯이 돋아나서 그걸 따먹을 수도 있다고요⋯⋯." 옛날 사람들은 소나무를 더 아꼈지만 소나무가 많은 숲에는 나물도 돋아나지 않는다고 하면서, 참나무 숲은 자기들만 살려고 하지 않고 다른 나무랑 풀이랑 같이 사는 생명체라고 하였다. 아내는 어린 나이에도 묵가루 만드는 일이 얼마나 고된 노동을 요구하는지 알았다고 했다. 모기 물려가면서 땀투성이가 되도록 도토리를 주워다가 그걸 멍석에다 말린 다음, 발로 밟거나 큰 돌을 굴려서 껍데기를 으스러뜨려 알맹이를 꺼내고 그걸 물에 불린다. 떫은맛을 좋아하는 사람은 3~4일만 물에 불리고, 더 편한 맛으로 먹고 싶으면 6~7일 물에 불린다. 그걸 갈아서 보자기로 걸러낸 다음 물에다 가라앉히면 녹말만 가라앉는다. 그걸 햇볕에 잘 말리면 묵가루가 된다.

아내는 그 과정을 이웃집 아이한테 설명하면서 직접 화로에
다 불을 채우라고 하였다. 아이는 장갑을 끼고 삽에다 신나게 숯
불을 담아서 화로에다 담았다. 다른 아이들도 우르르 몰려들었다.
불은 인간에게 다가온 가장 아름다운 생명체다. 불장난은 아이들
이 가장 재미있어하는 놀이다. 남자아이 여자아이, 큰 아이 작은
아이, 몸이 불편한 아이 말수가 적은 아이…… 불은 모든 아이들
의 온갖 경계를 다 허물어버리는 마법사다. 화로 속에서 자신의
몸을 태우는 숯불을 보자 그 작은 세상이 거대한 은하계로 보였
다. 아이들은 화로 속에서 우리 조상님들의 어머어마한 신화가 숨
어 있다는 것을 그냥 몸으로 느끼는 것 같았다.

"옛날에는 지금처럼 엄마가 해준 음식을 일방적으로 받아먹
는 게 아니라 이렇게 같이했단다. 도토리도 같이 줍고, 도토리 깔
때도 같이하고, 말릴 때도 돕고…… 화롯불 담을 때도 같이했어.
묵사발은 이렇게 묵을 썰어 넣고, 김칫국을 붓고, 김치를 썰어
서 넣으면 끝! 이 묵사발을 화롯불 위에다 올려놓고 밥을 조
금 떠 넣어. 옳지, 옳지, 그렇게! 그런 다음 살짝 데워지면 각자
떠먹는 거야. 그때 옆에서 할머니가 이야기를 해주시지. 아니면
아이들이 할머니한테 이야기를 해주기도 했고…… 자, 뜨거워지
기 전에 먹어보자. 다들 먹어보자!"

아이들은 마법에 걸린 것처럼 수저로 묵사발을 떠서 먹기 시
작했다. 어른들은 침묵하면서 지켜보았다. 이웃집 아이가 눈을 송
아지처럼 뜨고는 "엄마, 엄청 맛있어!" 하고 소리쳤다. 놀라운 일
이었다. 다른 아이들도 마찬가지였다.

"쫄깃하면서 부드러워!"

엄마의 꽃밥

"젤리랑 밥을 같이 먹는 것 같애!"

"엄마, 이거 집에서도 해줘!"

그쯤 되자 어른들도 슬그머니 다가와서 묵사발을 떠먹기 시작했다.

"와아, 어쩜 이렇게 담백한 맛이 날까요? 이건 다른 양념도 하지 않았잖아요, 그냥 묵이랑 묵은 김치랑 김칫국뿐인데…….''

"원재료인 묵이랑 김치가 맛있어서 그래요. 김치와 묵의 만남인데…… 적당히 발효가 된 김치 특유의 맛이 묵 맛이랑 어우러져서 뭐라 표현할 수 없는 환상적인 맛을 만들어내는군요. 이러니 요즘 음식이 아무리 맛있다고 해도 옛날 음식을 못 따라가요."

어른들 입에서는 은연중에 어린 시절 이야기가 흘러나왔다. 가장 맛있게 먹었던 음식 이야기, 가장 재미있게 놀았던 이야기, 가장 무서웠던 이야기 등을 하였다. 아이들은 한 명도 흩어지지 않고 눈을 똘망똘망 뜬 채로 묵사발을 먹고 있었다. 그 많았던 묵사발이 어느새 바닥을 드러내고 있었다.

진한 갈색의 매끈한 도토리 열매만 본 사람들은 그 전과 후에 대해서 쉽게 떠올리지
못할 것이다. 도토리는 푸르게 영글다가 점차 색이 짙어진다. 그리고 모든 에너지를
응축해 싹을 틔워 올린다.

———————————— 우리나라 숲에는 참나무가 넘쳐난다. 전
국 어딜 가든 가장 흔한 나무가 되었다. 참나무는 2~3년에 한 번씩
해거리할 때만 빼고 빠짐없이 풍성하게 열매를 맺는다. 우리나라 숲
에 사는 멧돼지를 비롯하여 너구리, 오소리, 산토끼까지 그 열매를
먹고 살아가며, 수백 수천 종의 곤충들이 그 나무에서 살아간다. 우
리 조상들이 불로초라고 생각했던 영지버섯이 흔해진 것도 참나무
때문이다.

참나무 밑에 떨어진 도토리를 주워 볕에 말리면 껍데기에 금이 간
다. 그걸 무거운 돌을 굴리거나 발로 밟아서 까낸다. 깐 도토리를 일

정 기간 물에 불리는데 너무 오래 불리면 쓴맛이 다 빠져버려 맛이 밋밋해진다. 손으로 눌렀을 때 뭉개질 정도로 담가두는 게 가장 좋다. 불린 도토리를 갈아서 베보자기에 걸러낸 뒤 그 물을 가만히 두면 앙금이 가라앉는다. 도토리에서 나온 녹말이 물보다 무거워 아래로 가라앉는 것이다. 가라앉은 녹말을 햇볕에 바싹 말리면 묵가루가 된다. 묵가루를 물에 풀고 은근하게 데우면서 주걱으로 저어주면 도토리묵이 완성된다.

묵으로 만든 음식 중 대표적인 것이 흔히 '묵밥'이라고 부르는 묵사발이다. 해먹는 방법은 집집마다 다 다르지만 한번쯤은 은근한 화롯불에 뜨끈하게 데워 그 맛을 제대로 즐겨보길 바란다.

도토리가 묵이 되기까지는 다양한 변신 과정이 필요하다. 그 과정에는 일일이 손품이 들게 된다. 순서대로, 도토리, 바싹 말려 껍데기를 깐 도토리, 앙금으로 가라앉은 도토리의 녹말 성분.

엄마의 꽃밥

묵사발

묵가루를 물에 푼 다음에는 은근한 중불에서 꾸준히 저어줘야 한다. 진한 갈색이 돌면서 빽빽해지면 소금을 넣고 약불에서 10분간 더 젓는다. 그런 다음 참기름 1큰술을 넣은 뒤 젓고, 뚜껑을 덮고 5분간 기다린 뒤, 불을 끄고 다시 10분 정도 뜸을 들이면 차지고 윤기 나는 묵이 완성된다. 묵을 만들 때는 그 농도가 중요하기 때문에 물의 양을 잘 조절해야 한다. 입맛에 따라서 탄탄한 묵을 좋아하는 사람도 하고 부드럽게 으깨지는 묵을 좋아하는 사람도 있기 때문에 넣는 물의 양에 정답은 없다.

머위쌈밥

"쌉싸름한 풀잎에
싸인 밥을 씹다보면
몸이 무장해제되면서
화가 풀려요."

대학 후배들이랑 광릉수목원에 갔다. 모임의 가장 막내인 윤숙이가 그곳에 오래된 나무가 많고 숲길이 좋다며 봄나들이를 제안하였다. 그렇게 해서 모두 다섯이 참가하였다. 윤숙이는 초등학교에 다니는 두 딸까지 매달고 왔다.

"그냥 혼자 오려고 했는데 애들이 따라온다네요. 자기들도 광릉수목원에 가보고 싶다고요. 그래서 데려왔어요."

연년생으로 누가 언니인지 겉모습만으로는 구별이 불가능할 정도로 똑같은 두 아이는 엄마의 말이 끝나기도 전에 "뻥 까셔!" 하고 고개를 흔들어댔다. 볼살이 유독 토실해 보이는 새울이가 톡 쏘듯이 말했다.

"아니에요. 엄마가 학교 가지 말랬어요. 체험 학습으로 대체하자고요."

윤숙이는 우리랑 딸들을 번갈아 보면서 "너희들도 좋다고 했잖아" 하고 어색하게 웃어대자 새울이가 더 강하게 고개를 흔들어댔다. 그리고 그 옆에 있는 지울이를 힐끗 보면서 "그치?" 하고 말했다. 지울이는 아무런 표정 없이 모두의 눈길을 피해버렸다. 묻지 않아도 언니임을 알 수 있었다. 그 짧은 세월의 격차가 두 아이의 눈빛을 다르게 하였다.

숲 속에 정자 하나가 나타났다. 후배 지영이가 밥을 먹고 가자고 하였다. 그 말이 끝나기도 전에 두 아이는 정자를 향해 달려갔다. 정자에 올라가서 몸을 편안하게 풀어놓자 근처에서 딱새가 요란하게 꼬리 깃털을 내리쳤다. 아마도 정자 근처에다 녀석이 집을 짓는 모양이었다.

모두 동그랗게 앉아서 준비해온 음식을 끄집어냈다. 김밥, 찐빵, 약밥, 샌드위치가 나왔다. 윤숙이는 가장 늦게 끄집어냈는데 "허어, 그게 뭐야?" 하고 누군가 물어보았다. 윤숙이가 뭐라 말하기도 전에 옆에 있던 새울이가 "머위쌈밥요!" 하고 씩씩하게 말해버렸다.

"우리 엄마가 머위쌈밥 한 날은요, 엄마랑 아빠랑 싸운 날이에요. 어젯밤에 엄마랑 아빠가 싸웠거든요."

조금도 망설임이 없이 뱉어내는 딸의 말에 어미는 당황해서 얼굴이 붉어졌고, 언니라고 제법 철이 든 지울이는 슬그머니 팔을 뻗어 동생을 툭툭 치면서 그만하라고 신호를 보냈다. 그럴수록 새울이의 목소리는 커졌다. 여기저기서 웃음이 터졌다. 이상하게도 철이 없어 보이는 새울이가 더욱 귀엽고 정이 갔다. 이상하게도 철든 표정으로 시무룩하게 동생을 쏘아보는 지울이가 미워 보였다. 아이답지 않은 것이 얼마나 어색한지를 잘 보여주는 풍경이었다. "야, 지울아. 괜찮아. 우리도 다 그렇게 싸우고 산단다. 여기서 너희 엄마 아빠 흉보는 사람 아무도 없어." 누군가 그렇게 말하고 나서야 지울이는 가만히 있었다.

윤숙이가 싸온 머위쌈밥만 줄어들었다. 놀라운 건 아이들도 그 쌈밥을 맛있게 먹고 있다는 것이었다. 내가 샌드위치를 먹으라고 해도 아이들의 눈빛은 별로 동요하지 않았다.

"진짜 너희들 이게 맛있어? 이거 쌉싸름해서 아이들이 좋아할 음식은 아닌데?"

지울이는 아무런 표정의 변화가 없었고, 새울이만 진짜 맛있다고 환하게 웃어 보였다. 두 아이는 어느 정도 배가 부르자 근처 연못으로 뛰어갔다.

"그나저나 이거 맛이 특별하다. 쌉싸름하면서도 크게 부담스럽지 않은 쓴맛이 오히려 밥을 담백하게 해주네. 입안에 향기로운 것들이 씹히는 기분이야."

"이게 머위라고? 진짜 부부 싸움하면 이걸 만들어?"

"부부 싸움 덕분에 우리가 특별한 음식을 먹어본 셈이네. 이걸 살짝 데친 것 같다. 난 머위는 줄기만 먹는 줄 알았는데 이파리도 먹는구나. 나 좀 가르쳐주라. 어떻게 해먹니?"

윤숙이는 쏟아지는 질문 공세를 묵묵히 흘려보내다가 찬물로 입가심을 하고 나서야 낮게 입을 열었다.

"전 이걸 먹으면 화가 좀 풀려요. 이 쌉싸름한 풀잎에 쌓인

밥을 씹다보면요, 몸이 무장해제가 되듯이 풀어지면서 화가 풀려요. 거기에다 와인 몇 잔 먹으면 참 좋아요. 쓴맛이랑 와인 맛이 잘 맞더라고요."

흔히 머귓대 혹은 모귓대라고 부르는 머위는 사람이 애써 가꾸지 않아도 인가에서 쉽게 볼 수 있는 풀이다. 윤숙이네 고향 집 헛간 뒤쪽에도 그들의 영토가 있었다. 집 밖으로 나가면 산밭 주위에서도 흔하게 그들을 만날 수 있다. 누군가 뿌리 한 덩이 캐다가 땅을 파고 덮어만 두면 아무런 잔병도 없고 살아간다. 게다가 벌레도 많이 타지 않아 농약 따위의 도움도 필요 없다. 잎새는 동그랗고 제법 크지만 다른 식물들의 삶을 위협할 만큼 마구 번식을 하지 않는다. 그래서 관심을 갖는 사람들의 눈에만 띄는 풀이다. 남자들은 관심이 없지만 여자들은 머위들이 사는 곳을 잘 눈여겨 두었다가 밥상에 반찬이 떨어지거나 하면 그걸 뜯어다가 데쳐서 나물로도 올리고 국거리로 썼다.

"저는 어린 시절이 행복하지 않았어요. 늘 엄마랑 할머니가 싸웠거든요. 아버지가 돌아가시자마자 삼촌들이 우리 집 재산을 몰래 빼돌리기 시작해서요. 나중에는 논까지 다 팔아서 가져갔어요. 그래서 엄마가 장터에 나가서 장사를 해 근근이 먹고살았어요. 할아버지 할머니는 그걸 알면서도…… 그래서 싸우신 거지요. 근데 봄만 되면 두 분이……."

돌아가신 윤숙이 아버지 산소가 있는 산에는 유독 고사리가 많았다고 한다. 아버지의 기일 때마다 어머니는 외동딸인 윤숙이를 데리고 산소에 갔는데, 그런 날은 할머니도 따라와서 고사리를 꺾었다. 할머니는 고사리를 한 보따리 꺾은 다음 또 다른 작은 보

엄마의 꽃밥

따리를 풀어놓았다. 그 보따리 속에는 머위쌈밥이랑 소주가 들어 있었다. 어머니는 넋풀이하듯이 먼저 가신 아버지를 한탄하면서 그 쌈밥을 입안에다 꾸역꾸역 밀어넣었고, 할머니는 그런 며느리한테 술까지 따라주면서 그동안 서운하게 했던 일들을 사과했다.

"신기하게도 그러면 엄마도 오히려 할머니한테 그동안 있었던 일들을 사과하셨어요. 그런 두 분을 보면 더 이상 다툴 것 같지 않았어요. 서로서로 아픈 부분을 감싸주고 위로해주고, 그 쌉싸름한 쌈밥에다 쓴 소주를 들이켜면서 당신들이 살아온 인생 이야기를 하였어요. 봄날은 한없이 깊어가고 사방에서 뻐꾸기도 울어대고 봄꽃들도 지천으로 알록달록 흔들어대는 그런 날, 두 분은 그 쌉싸름한 밥을 안주 삼아 술을 드시고는요, 울다가 웃다가 노래하다가…… 하하하, 그러셨어요. 그때 저도 머위쌈밥을 알았지요. 그 쓴맛이, 당신들 노래를 듣다보면 괜히 눈물이 나면서 쓰기도 하다가 어느 순간부터 달더라고요. 할머니는 밥을 외간장으로 살짝 비벼서 주먹밥을 만든 다음, 미리 소금물을 넣고 삶아서 데쳐놓은 머위잎으로 대충 말았어요. 나한테는 '이것이 김밥보다 더 좋은 것이란다' 하였지만, 난 그 말을 믿지 않았거든요. 그 흔하디흔한 머위가 김보다 더 좋다니, 말도 안 되는 소리라고 생각했지요. 근데 그분들이 낮술에 취해 흥얼거리는 것을 보면 진짜 그 말이 믿어지더라고요. 지금도 어머니는 할머니 기일만 되면 머위쌈밥을 해서 상에다 올리고는 흥얼흥얼하시더라고요. 그런데 저까지 그 음식을 좋아하게 될 줄은 몰랐어요. 그 음식을 까마득히 잊고 살았는데 결혼해서 남편이랑 싸우기만 하면 그 쌉싸름한 맛이 떠오르더라고요…… 남들은 스트레스 쌓이면 매운맛이 당긴다는데, 저는 쌉싸름한 맛이 당겨요. 그래서 머위쌈밥을 해서 와인에다 먹기 시작했지요. 신기하게도 그걸 먹으면 남편도 화가 풀어진대요."

"맞아, 충분히 그럴 수 있어. 이게 쓰기는 쓴데 독특하잖아. 약간 구수한 듯하면서도 쓴맛이라 인공적인 쓴맛하고는 달라."

"난 시원한 쓴맛이 느껴지는데……."

"이야, 머위라는 풀이 너희 가족에게는 특별하구나!"

윤숙이한테 감동적인 이야기를 들어서 그런지 머위쌈밥의 쓴맛이 더욱 특별하게 느껴졌다. 나는 연못에서 놀고 있는 두 아이를 떠올리면서, 저놈들도 나중에 어른이 되었을 때 이 맛을 본능처럼 기억할 것이라고 생각했다. 어쩌면 새울이보다는 지울이가 더 이 맛을 강렬하게 간직하고 있을지도 모른다. 그런 생각을 하면서 먹다보니 머위쌈밥이 달게 느껴졌고, 이런 날에 낮술에 취해 한번 흐느적거려도 괜찮을 것 같았다. 정자 앞에서는 수양버들이 벌써 취했는지 흐느적거리고 있었다.

―――――――――――――――――― 머위는 인간이 심은 풀이다. 그렇다고
밭에다 심는 것은 아니다. 이 풀이 워낙 강하기 때문에 집 주위의 잡
초밭이나 허드렛땅, 논두렁 밭두렁에다 심어두고는 퇴비나 농약 한
번 쳐주지 않아도 잘 자란다. 머위는 호박잎처럼 큰 이파리를 우산
처럼 펴들고 있다. 연꽃과 비슷하게 살아가는 풀로 키 작은 풀들 입
장에서 보면 독재자 같은 생명체다. 햇볕을 다 막아버려 키 작은 풀
들은 그 주위에서 살아가지 못한다. 머위 주위에서는 더 큰 풀들이
더불어 살기는 하지만 대부분은 그들끼리 집성촌을 이루면서 살아
간다. 지금은 거의 야생풀이 되어 전국의 산과 들로 번지고 있다. 이
파리에는 쓴맛이 강해서 초식동물들도 잘 먹지 않는다.
하지만 옛날 사람들은 머위로 쌈밥을 만들어 오늘날의 김밥처럼 요
긴하게 먹었다. 먼길을 떠나거나 산에 나물을 뜯으러 갈 때 이런 쌈
밥을 준비하면 걱정거리가 없었다. 밥을 풀잎에다 싸면 아무리 더운
여름날에도 쉽게 상하지 않는다. 게다가 따로 반찬을 준비할 필요도
없다. 머위쌈을 하는 밥에는 소금 간을 해야 쓴맛을 누그러뜨릴 수
있다. 그래서 옛날 사람들은 약간 간을 한 찰밥을 싸는 경우가 많았
다. 찰밥에다 수수나 팥을 섞은 다음 머위쌈밥을 하면 훨씬 맛이 풍
요롭다. 요즘은 볶음밥을 하여 쌈밥을 하기도 하는데 기름기 때문에
금방 질릴 수가 있다.
쌈밥에 들어갈 머위는 너무 커도 안 되고 너무 작아도 곤란하다. 적
당한 크기의 머위 이파리를 따서 줄기는 떼어버린다. 머위 이파리는
무척 쓰기 때문에 데친 뒤 하루 이상 물에 우려두거나 소금물에 데쳐
야 한다. 입맛에 따라 쓴맛을 즐기고 싶다면 소금물에 데치지 않아도
된다.

이른 봄이 되면 꽃이 먼저 돋아나는데 꽃봉오리는 비늘 같은 것으로 싸여 있다. 꽃이 다 피기 전 따다가 데쳐서 샐러드, 초고추장무침, 튀김 등을 해먹으면 씹히는 질감이 아주 좋다. 사실 줄기보다 꽃송이가 훨씬 더 맛있는데 요즘에는 줄기만 먹는 것 같아 사람들이 그 맛을 잊어가니 안타깝다.

머위꽃튀김

꽃이 완전히 피면 맛이 없기 때문에 꽃송이 상태일 때 따서 요리한다. 꽃송이는 줄기에 비해서 쓴맛이 덜하다. 땅에서 소담스럽게 올라온 꽃송이를 밑동까지 따낸 뒤 튀김가루를 살짝 입혀서 튀겨낸다. 은은한 향이 좋아서 예부터 봄에 만들어 먹는 대표적인 간식이다.

머위장아찌

장아찌 담는 순은 먹기 좋을 정도로 작은 크기를 쓴다. 머위는 순이 질겨서 오래 두어도 물러지지 않는다. 쓴맛이 적당히 남아 있어서 고기를 싸먹거나 쌈밥을 해먹을 때 좋다.

머위나물

봄에 땅에서 갓 돋아난 순을 따다가 데친다. 쓴맛이 강하므로 충분히 데쳐야 한다. 쓴맛을 제대로 빼내고 싶다면 소금물에 데치면 된다. 줄기가 큰 것은 적당히 잘라준다. 그렇게 한 번 데친 뒤 볶아서 나물을 만들기도 하고 데친 것을 그냥 무쳐서 먹기도 한다.

머윗대들깨볶음

머윗대잎을 떼어내고 줄기만 삶아서 물에 담가 아린맛을 빼낸 뒤 껍질을 벗겨낸다. 손톱과 손이 까맣게 물들기 때문에 비닐장갑을 끼고 벗겨내는 게 좋다. 껍질 벗기는 것이 성가신 일이지만 반드시 벗겨내야 한다. 껍질을 벗겨낸 머윗대는 공기와 접하면 갈색으로 변하기 때문에 재빨리 물에 넣어 삶는다. 들깨로 볶으면 맛이 구수해져서 아이들도 잘 먹는다.

아까시꽃밥

"우리 어매는
아까시꽃만 피면
질리도록 꽃을 땄지.
난 그게 싫었어."

막상 그 밥집을 보자 가슴이 설렌다. 지금도 식당을 운영하는 걸까? 살아 계시기만 하면 할 텐데. 주위도 많이 변했다. 원래 이곳은 20여 채의 한옥들이 서로의 어깨를 맞대고 평화롭게 살고 있었다. 지금은 딱 두 채만이 힘겹게 제자리를 지켜내고 있었다. 가난한 집들이 헐린 자리에는 어마어마하게 커다란 종교 단체의 건물이 들어서 있었다. 밥집은 육중하게 살찐 종교 단체의 건물에 가려져서 신의 선물처럼 사철 내내 찾아들던 햇살은 이제 구경할 수 없었다. 그 작은 집과 큰 건물의 경계선에는 정확하게 나이를 알 수 없는 아까시나무가 하얀 꽃송이를 매달고 달콤한 향기를 뿜어내고 있었다. 그것이 유일한 위안거리였다.

엄마의 꽃밥

나는 다시 오래된 시골 전방 같은 유리문을 유심히 쳐다보았다. 그 유리문에는 수백 수천 명의 메아리가 신화처럼 새겨져 있었다. '이곳이 정통 밥집이다' '원조 밥집' '할머니 밥집' '시골 밥집' '어머니 밥집' '엄마 밥집' '할매 밥집' '맛있다. 감사합니다. 건강하세요' '금일 휴업!' 'SBS 맛집 프로그램에 출연한 집' 'KBS 생방송 프로그램에 출연했음' 'MBC 영원한 맛집 프로그램에 출연' '일본 NHK 한국의 밥 프로그램에 출연' '영국 BBC 세계의 음식 프로그램에 출연'. 누가 써놓았는지 몰라도 한국을 비롯하여 전 세계 백여 개의 방송국 음식 프로그램에 출연을 했으며, 심지어 화성 방송국에서도 왔다는 글도 있었고, 전 세계 유명한 스타들은 물론이요 소설 속에 나오는 돈키호테도 맛을 보고 반했다는 말장난까지 적혀 있었다.

밥집은 그런 곳이었다. 30년 전 내가 대학 다닐 때 처음 인연을 맺었고, 결혼한 뒤로는 입맛이 없거나 혼자 술을 마시고 싶을 때 꼭 그곳을 찾았다. 밤이 되면 그곳은 혼자 오는 손님들 차지였다. 힘든 일을 마치고 집에 와서 김치찌개에다 소주 한 병으로 그날의 피로를 달래듯이, 밥집에 오면 정말 찌개 하나에다 반찬 몇 가지 올라온 조촐한 밥상을 앞에 두고 그 누구의 눈치도 보지 않은 채 술을 마실 수 있었다. 그 집은 아예 메뉴판이 없었고 주인내외가 날마다 해먹는 밥과 반찬을 그대로 내놓는 것이 특징이었다. 그러니 비 오는 날은 수제비가 나왔고, 동짓날은 팥죽이 나왔으며, 봄날에는 숱한 나물들이 밥상을 차지했다.

내가 문을 열고 들어가자 밥집 사장이 대뜸 알아보았다. 실내는 10년 전 그대로 시간이 정지되어 있었다. 선술집처럼 오래된

탁자들이 대여섯 개 놓여 있는 것도 똑같았고, 두 개의 방에 놓여 있는 앉은뱅이 식탁도 그 시절 그대로였다.

"건강해 보이시네요."

"겉만 그렇지 속은 뒤틀리고 썩고 야단이네. 내년이 팔순이야. 그나저나 건강하지?"

"예! 근처에서 친척 결혼식이 있어서 왔다가 생각이 나서 들렀어요."

"고맙네. 우리도 자네들 생각 종종 했다네."

그는 시장에 간 마누라가 5분 뒤면 도착한다고 하면서 방으로 끌고 갔다. 그는 우리 식구들의 안부를 하나하나 묻고 나서야 종교 단체 이야기를 하였다.

"저것 때문에 수명이 10년은 단축되었을 것이네. 저것들이 이 근처 땅을 몽땅 헐값에 도매쳐서 샀거든. 나만 안 팔았제. 우리 뒷집도 우리 집이네. 내가 더 돈을 많이 받으려고 버틴 게 아니라 그냥 나는 여기서 살고 싶었네. 이 나이에 내가 여기 팔고 어디로 갈 것인가? 여기서 사니까 이렇게 작은 식당이라도 하고, 사람들 만나고 자네처럼 그리운 얼굴도 보고…… 죽을 때까지 이렇게 살고 싶어. 우리가 전문적으로 음식을 배운 사람은 아니지만, 그래도 음식을 할 때 항상 진심으로 했다네. 첨에는 서울 와서 건설 일 하다가 다쳐서 일을 못 하자 임시방편으로 그 인부들 점심밥을 대는 일을 했어. 그분들이 맛있다고 하길래 이 집을 세를 얻어서 식당을 시작한 것이 내 운명이 되어버렸다네. 근데 저 사람들은 내가 돈을 많이 받으려고 그런다고 날마다 집 앞에서 기도하고, 노래하고, 야유하고…… 내 생에 가장 험악한 시절이었네. 그래서

엄마의 꽃밥

손님이 많이 줄었어. 그래도 상관없어. 하루에 한 분만 오셔도 되고…… 우리가 무슨 욕심이 있겠는가? 한때 자식놈이 뒷집까지 다 허물고 새로 집을 지어 현대식 식당을 하겠다고 하는 걸 막았어. 난 그럴 능력도 없어. 이게 좋아. 하루에 많으면 한 20여 명, 그분들 속을 편안하게 채워주는 것만으로도…… 이것으로 네 자식 대학까지 보냈네. 그럼 된 것 아닌가?"

그의 아내는 문을 열자마자 나를 보고 반갑다고 소리쳤다. 허리는 약간 굽었지만 눈빛은 예전보다 오히려 더 초롱초롱했다. 그녀는 대뜸 어머니의 안부를 물었다. 우리 어머니가 당신이랑 동갑이라고 했다. 내 기억 속에는 없지만 언젠가 술기운에 어머니 이야기를 뱉어낸 모양이다. 그렇게 웅숭깊은 그분들의 눈빛을 보자 술기운 때문인지 가슴속에서 뭔가 울컥하는 게 있었다.

그녀는 정방형의 작은 밥상을 들고 왔다. 봄나물이 서너 가지 있었고, 하얀 꽃밥이 향기롭게 입맛을 자극했다. 아까시꽃밥이었다.

"갑자기 날 낳아준 어매 생각이 나서 했다네. 오늘이 우리 어매 생신이거든. 아까시꽃을 보니까 생각이 났네. 우리 어매는 아까시꽃만 피면 질리도록 꽃을 땄지. 난 그게 싫었어. 그 향기로운 꽃이 밉고 저주스러울 때도 있었다네. 옛날에는 이맘때면 밥상 차리기가 참 힘들었지. 쌀이 얼마 남지 않아서 아껴 먹을 수밖에 없었어. 그래서 밥을 하다가 뜸을 들일 때 솥뚜껑을 연 다음 아까시꽃을 한쪽 귀퉁이에다 안쳤지. 주걱이 잘 닿지 않는 곳, 솥단지 바로 앞쪽이 가장 닿지 않거든. 오히려 손에서 먼 곳은 주걱이 잘 닿아. 그런 곳에다 아까시꽃을 안쳐서 밥을 하고 아까시꽃밥을 하려면 싱싱한 꽃을 따야 한다. 아까시꽃은 한 번 피면 열흘 이상 피어 있다. 처음에는 맑은 흰색이었다가 점차 날이 가면서 누런색으로 변해간다. 색이 최대한 맑은 꽃을 송이째 따서 쓴다. 단맛을 내는 꿀은 꽃송이 속에 들어 있기 때문이다.

는, 쌀밥은 퍼서 노인들이랑 남자들한테 주고 당신은 쌀 한 톨 섞이지 않은 아까시꽃밥을 퍼서 간장에다 비벼 드셨어. 그놈의 것이 눈에 보기는 좋아도 곡기는 하나도 없어. 다른 사람들도 아까시꽃밥을 먹었지만 어매처럼 해먹지는 않았지. 보통은 밀가루나 보릿가루에다 살짝 버무려서 밥 위에다 얹어 쪘으니까 곡기가 있었지만, 우리 어매는 밀가루 아끼려고 절대 그렇게 하지 않았어. 그러니 밥물만 든 아까시꽃이 맛이 있었겠어? 처음 한두 번이야 그래도 먹을 만하지만 날마다 저 꽃이 질 때까지 그랬다고 해봐. 나중에는 보기만 해도 지겹고 토하려고 했지. 그래도 나한테는 쌀밥이랑 꽃밥을 섞어서 주었지만, 당신은 그 꽃밥만 드시고 어떻게 버텼는지 몰라."

그녀도 아까시꽃밥을 하는 것은 올해 처음이라고 했다. 매년 상여꽃 같은 아까시꽃이 피면 어머니와 함께 그 꽃밥이 떠오르지만 생각도 하기 싫어서 억지로 지워냈는데, 종교 단체 사람들이 당신들의 뒤쪽 풍경을 가리고 건물을 위협한다고 아까시나무를 원수 대하듯이 하면서 자꾸만 베어내라고 관공서에 민원까지 집어넣는 상황이 발생하자 이상하게도 그 나무가 가련해지면서 꽃밥이 아련하게 떠올랐다고 한다. 그래서 오늘은 마음먹고 아까시꽃밥을 했다는 것이다. 아까시꽃밥은 말린 것을 써도 된다. 그렇게 되면 비린 맛은 사라지고 맛은 더 깊어지지만 아무래도 향이 줄어든다고 하였다. 아까시꽃밥은 약간 비린 듯하면서도 달기 때문에 간장하고 잘 어울린다. 간장이 그 비린 맛을 눌러주기 때문이다. 오늘은 모두 손님이 아홉 명이 오셨는데 그 아까시꽃밥에다 감자된장국을 올렸더니, 모두 다 고마워하였다고 그녀가 말했다.

나도 그렇게 해서 그 꽃밥을 먹었다. 간장에다 비비지 않고 그대로 입에 넣고 씹은 다음 꽃 비린내가 느껴지자 된장국을 살짝 떠 먹었다. 그러자 그 꽃 특유의 향그러운 살맛이 그대로 살아났다. 아욱을 댕강댕강 썰어 넣은 다음 된장을 풀어서 끓인 이 단순한 음식이 얼마나 세련된 것인지를 알 수 있었다. 그분들이야 유명한 호텔이나 혹은 음식 프로그램에 나오는 주방장들보다 훨씬 더 음식의 장단을 아는 사람들이었다. 어린 시절에 생꽃을 따먹었던 기억이 남아 있기 때문인지 몰라도 씹히는 질감이 좋아서 온몸이 즐거웠다. 한바탕 재미있게 노는 기분이었다. 아까시나무는 겨울철 주된 땔감이기도 하였고, 커다란 우리 고향 집 사립문 울짱이 되기도 하였다. 한때는 그 뿌리를 캐다가 삶은 물론 피부병을 다스리기도 했지만, 그 꽃으로 밥을 해먹는다는 소리를 들어보지는 못했다. 그래서인지 신기하고 더욱 아까시나무라는 생명체가 대단해 보이고 고마웠다. 하지만 머지않아 베일 운명에 처해 있다는 말을 듣자 가슴이 답답해졌다.

"오늘 오신 손님들이 날마다 이런 꽃밥을 해서 팔라고 하더구먼. 근데 그럴 수는 없지, 사철마다 꽃은 다르게 피고 먹을 수 없는 꽃도 많으니까. 그런데 오늘 오시기로 한 손님 한 분이 안 오셨어. 그래서 이 꽃밥이 남은 것이네. 아마 자네한테 주라고 그런 모양이야."

"고맙습니다. 잊지 못할 밥상입니다. 이것 먹고 저도 좀 향기로운 사람이 되었으면 좋겠습니다."

"그래, 고맙네. 아무튼 올해는 이 꽃이 질 때까지 아까시꽃밥을 할 작정이네. 사실은 오늘 옆 건물에 가서 그분들한테 그랬거

든. 한번 꽃밥 드시러 오시라고 말일세. 그냥 그러고 싶었네. 이 향
기 나는 꽃밥을 한번 해드리고 싶었어. 이렇게 맛있는 것을 우리
만 먹는 게 미안해서 말이야. 근데 모르겠네, 그분들이 오실지. 예
배 시간이라고 하면서 내 말을 다 듣지도 않고 돌아서 버렸지만
그래도 기다려봐야지. 올해는 비도 많지 않아서 아까시꽃이 훨씬
오래갈 것 같으니까……."

　나는 화장실에 간다는 핑계로 집 뒤로 나갔다. 당산나무처럼
어떤 영적인 분위기가 우러나는 아까시나무가 달을 매달고 있었
다. 나도 모르게 그 나무를 꼭 끌어안았다. 심장 뛰는 소리가 들렸
다.

　　　　　　　　　　　　　　흔히 '아카시아'라고 부르는 나무는 원
래 '아까시'라고 부르는 게 맞다. 아카시아라는 종의 나무가 따로 있
기 때문이다. 초기에 번역을 하면서 잘못된 것이 지금도 그대로 쓰
이고 있는 셈이다. 아까시나무는 북아메리카가 고향으로 조선 말기
에 우리나라에 들어와 일제 강점기에 본격적으로 여러 곳에 심어졌
다. 이 나무가 아시아로 진출한 것은 특유의 강한 생명력 때문이다.
인간들은 이 나무가 뿌리를 빠르게 옆으로 뻗는 것을 알아챘고, 그
래서 산사태가 잘 나는 산이나 제방이 잘 허물어지는 강가에다 심었
다. 우리나라에도 그런 목적으로 들인 것이다. 그래서 산에도 많지만
강가에나 하천변에도 많다. 아까시나무는 인간들의 기대를 저버리
지 않았다. 빠른 시간에 전국으로 번져나갔으며 한때는 숲에서 하도
빠르게 번식하여 생태계를 파괴하는 무법자라고 지탄을 받기도 했

　　　　　　　　　　　　　　　　　　　　　엄마의 꽃밥

다. 특히 무덤가에서 잘 번식하여 조상을 끔찍하게 모시는 인간들과 맹렬하게 전투를 벌이기도 하였다. 그러나 지금은 참나무에게 쫓겨서 묵은 고목을 제외하고는 산에서 쉽게 찾아볼 수 없다. 치렁치렁 늘어진 하얀 꽃이 상여꽃을 닮았다 하여 '상여꽃'이라고 부르고, 가시에다 새들이 잡아다 꿰어놓은 미꾸라지들 때문에 '미꾸라지나무'라고도 부른다. 또 뿌리가 옴 같은 피부병을 다스린다 하여 한때는 '옴나무'라고도 불렀다.

아까시꽃밥은 약간 비릿한 냄새가 나지만 가난한 시절에 어머니들이 해먹었던 음식이다. 꽃밥을 할 때는 밥 위에다 아까시꽃을 살짝 얹었다. 그러면 밥물이 꽃에 배어서 곡기가 있게 마련이니 그것을 떠서 먹었다. 밀가루가 있으면 그걸 반죽하여 꽃에 묻혀서 쌀 위에 안쳤다. 지금은 별미로 먹지만 예전에는 엄밀하게 말하면 '꽃밥'이라기보다는 '범벅' 정도로 부르는 게 들어맞을 정도로 여인네들의 슬픈 사연이 담긴 음식이다.

아까시꽃으로 만든 별미, 아까시꽃 튀김. 깨끗이 손질해둔 아까시꽃을 튀김가루에 버무려 튀기면 아주 간단하고도 맛있는 간식이 완성된다.

아까시꽃밥

아까시꽃을 따서 가볍게 씻은 다음 밀가루에 버무려놓는다. 밥을 하다가 뜸 들일.때 밀가루에 버무려둔 아까시꽃을 넣는다. 달콤하지만 약간 비릿하기 때문에 양념간장 에 비벼 먹는 것을 추천한다.

엄마의 꽃밥

오이풀뿌리밥

"철 따라 주위
풀을 넣어 밥을 지어
먹어요. 간단히
국 한 대접만 더해서."

덕유산 근처에 있는 어느 학교에 강연을 갔다가 그 스님을 떠올렸다. 5년 전엔가 친구와 함께 인사동에서 한 끼 밥상을 마주한 적이 있었다. 산속 깊은 곳에다 작은 암자 하나만을 지어놓고 사신다는 스님은 근처에 오거들랑 한번 들러달라고 하였다. 나는 한참을 망설이다가 전화를 하였는데 스님은 대뜸 알아보고 반가워하였다. 당장 올라오라는 말도 덧붙였다.

여기저기서 돌림노래를 불러대는 뻐꾸기들의 흥겨운 메아리가 울려 퍼졌다. 산자락마다 온갖 색깔의 봄이 잘 차려져 있었다. 다만 길이 너무 거칠었다. 전혀 관리가 되지 않은 산림도로는 군데군데 떨어져 있는 바윗덩어리의 서슬이 섬뜩했고, 나 같은 겁쟁이 운전자들을 노리는 깊은 웅덩이들이 함정처럼 도사리고 있었다. 차라리 걸어가는 것이 낫겠다는 생각이 들 즈음 길이 끊어져버렸다. 거기서부터 두 시간을 걸어가니 흙벽돌로 지은 작은 집 한 채가 나타났다. 10평 내외가 될까 말까 한 작은 집이었다. 새들이 요란하게 짖어대자 마당 꽃밭에서 스님이 고개를 들었다. 인위적으로 가꾼 꽃밭이 아니라 사방에서 날아온 풀들이 어우러져 사는 그들만의 세상이었다.

스님은 당신이 직접 지었다는 흙집을 어린애처럼 자랑하셨다. 집 안을 아무리 찾아봐도 부처님은 보이지 않았다. 왜 부처님을 모시지 않았냐고 묻고 싶었지만 끝내 그 말이 나오지 않았다. 찻상을 앞에 두고 앉아서 세상 사는 이야기, 이 암자 주위에서 살아가는 여러 생명들 이야기를 하다보니 해가 저물고 있었다. 내가 일어서려고 하자 스님이 하룻밤 묵어가라고 하였다. 나는 못 이기는 척 주저앉았다. 스님은 저녁 준비를 해야 한다면서 일어났다.

스님은 딱 2인분의 쌀을 씻었다. 혼자 밥을 드시지만 매 끼니마다 밥을 짓는다고 했다. "이 몸을 지탱해주는 힘이 되기 때문에 항상 정성껏 음식을 마련합니다. 그래서 찬밥은 먹지 않습니다. 귀찮고 시간이 걸리지만 따뜻하게 갓 지은 밥만 먹습니다." 스님은 박으로 만든 바가지에다 쌀을 씻어놓고는 밖으로 나갔다. 저렇게 빨리 움직이는데도 발걸음 소리가 나지 않았다. 꼭 나비 같았다. 스님은 집 뒤란으로 가더니 고구마처럼 생긴 알뿌리가 든 바구니를 안고 왔다.

"설사풀이라고…… 혹시 아십니까?"

내가 웃으면서 고개를 젓자, 스님은 당신만이 부르는 이름

엄마의 꽃밥

이라고 했다. "산속에 살다보니 가끔 배가 탈이 나면 아주 곤란해져요. 예전에는 소화제나 배 아플 때 쓰는 약들을 사다놓기도 했는데, 요새는 그럴 필요가 없어졌어요. 이건 제가 배 아플 때 특히 설사가 나올 정도로 장이 안 좋을 때 먹는 약초이기도 합니다. 그냥 달여서 먹어요. 그래서 설사풀이라고 이름을 붙였어요." 향나무로 만들었다는 도마 위에서 부엌칼을 놀리는 스님의 손가락이 너무 고와서 환갑을 넘긴 남자의 손으로 보이지 않았다. 나는 알뿌리 한 토막을 집어 들고 냄새를 맡았다. 인삼향이 내 코를 윽박질렀다. 나는 천천히 입으로 가져갔다. 그러자 쓴 듯하면서도 단맛이 우러났다. 씹히는 질감이 참으로 묘했다. 생고구마처럼 무르지 않았지만 그렇다고 칡이나 감초를 씹을 때처럼 질기지도 않았다. 스님은 그걸 어제 캐서 다듬어놓았다고 하면서, 통통하게 살찐 알뿌리의 앞과 뒤쪽은 딱딱해서 먹을 수 없으므로 잘라서 버려야 한다고 했다. 그 뿌리는 쓴맛이 있어서 살짝 데쳐야 하는데, 솥에다 물 한 바가지만 붓고 아궁이에다 마른나무를 조금만 먹인 다음 한두 시간 일하고 나면 순하게 데쳐진다고 했다. 하지만 오늘은 좀 센 불에다 데치겠다고 하였다.

"사실 밥에다 넣는 풀은 딱히 정해진 건 아닙니다. 그냥 철따라 주위에 있는 풀들을 넣어서 밥을 지어 먹어요. 그럼 밥이 훨씬 더 맛있어요. 따로 반찬을 준비하지 않아도 되고요. 그냥 간장에다 비벼 먹으면 되잖아요? 그럴 때는 간단하게 국만 준비해서 먹어요. 이렇게 뿌리도 넣고 이파리도 넣고 꽃도 넣고 열매도 넣어요."

나란히 두 개 놓여 있는 가마솥 왼쪽 것이 거품을 뿜기 시작했다. 솥뚜껑을 열자 바글바글 끓는 물이 노랗게 변해 있었다. 스님은 바글거리는 물의 기세가 꺾일 때까지 기다렸다가 잘게 썰어진 것들을 건져냈다. "오실 줄 알았으면 미리 삶아놓았을 텐데……." 스님은 너무 급하게 하는 것을 이해해달라는 표정을 지으면서 옆에 있는 밥솥에다 데친 알뿌리를 넣고 씻어놓은 쌀을 넣고 섞었다. 그런 다음 다시 마른나무를 아궁이에다 밀어넣었다. 스님은 솥뚜껑 아래로 김이 새고 밥물이 흘러나오자 더 이상 나무를 떼지 않고 마당으로 걸어갔다.

"그게 무슨 풀인지 궁금하셨죠? 바로 이 풀이 설사풀입니다. 뭔지 아시죠?"

스님이 마당 한 귀퉁이를 손가락질했다. 나는 깜짝 놀랐다. 그건 오이풀이었다. 어린 시절에는 수박풀이라고 불렀다. 이파리를 뜯어서 냄새를 맡아보면 수박 냄새가 난다. 오이풀을 생으로 겉절이 하거나 데쳐서 무쳐놓은 반찬이야 더러 보았지만 뿌리를 넣어서 만든 음식은 전혀 보지 못했다. 그 통통한 뿌리가 오이풀과 한 몸이라는 게 믿어지지 않았다. 나는 어렸을 때 오이풀을 캐다가 장독대 뒤에다 여러 차례 심어보았지만 그런 알뿌리를 본 적이 없었다.

"저도 우연히 알게 되었어요. 한번은 큰물이 나서 계곡이 많이 쓸려나갔어요. 그걸 정리하다보니 설사풀이 뿌리째 뽑혀져 있더라고요. 신기하게도 복잡하게 얽혀 있는 뿌리 아래에 이런 알뿌리가 매달려 있더라고요. 오호, 요 녀석은 뿌리가 두 얼굴이구나! 그걸 그때 알았지요. 그래서 혹시 먹을 수 있나 해서 삶아 무쳐도 보고 밥에다 넣어도 보고, 그러다보니 요건 밥에다 넣어 먹는 게

엄마의 꽃밥

오이풀은 독이 없기 때문에 굳이 데칠 필요가 없다. 하지만 사람의 입맛에 따라 데친 나물을 좋아하는 경우도 있다. 데쳐서 무친 오이풀나물은 약간 텁텁한 맛이 난다. 그래서 비빔밥을 할 때 다른 나물과 섞어 넣는 게 일반적이다. 텁텁한 맛이 된장과도 잘 어울려서 된장국에 넣기도 한다.

최고구나 하는 생각을 하게 된 거지요. 그게 제일 맛있더라고요."

나는 그 말을 듣고도 오이풀뿌리가 그렇게 통통하다는 사실을 인정할 수 없었다. 스님이 직접 삽을 가지고 와서 파낸 오이풀뿌리를 보고서야 "어머, 정말이네!" 하고 인정하였다. 나무뿌리처럼 촘촘하게 얽혀 있는 뿌리 밑에 통통한 알뿌리가 매달려 있었다. 스님은 모든 오이풀에 알뿌리가 있는 건 아니라고 했다. 오이풀이 몇 년 자라야만 그런 알뿌리가 생긴다고 했다. 오래된 오이풀이라고 해도 그늘진 곳에 있으면 알뿌리가 생기지 않는다고도 했다.

"그래서 제가 알뿌리를 기억하지 못하는군요."

나는 너무나도 신기해서 그 알뿌리를 계속 어루만졌다.

깊은 골짜기라 해가 일찍 떨어지고 땅거미가 밀려왔다. 집으로 돌아가는 새들의 날갯짓이 여기저기서 느껴졌다. 스님은 작은 밥상을 안고 마루로 나왔다. 내가 뭔가 도와주려고 하자 손님이라면서 단호하게 고개를 흔들었다. 밥내가 구수하게 풍겼다.

"어! 아까 오이풀뿌리 삶은 물은 진한 노란색이던데, 밥은 연한 갈색으로 물들었네요."

"근사하지요? 어서 드셔보세요. 맛은 더 좋을 겁니다."

밥상에는 밥과 아욱국 그리고 깍두기 한 종지뿐이었다.

"이거 찹쌀로 했어요? 아니라고요? 와아, 근데 찹쌀밥 같네요."

"아마 저 뿌리가 쌀을 차지게 하는 모양이에요. 오래된 멥쌀에다 넣고 해도 찹쌀처럼 차지게 되더라고요. 뿌리는 텁텁하면서도 약간 쓰기 때문에 드시지 않아도 됩니다. 하지만 저는 뿌리까지 다 먹어요."

"저도 쓴 것 좋아합니다. 이야 정말 환상적인 맛이네요. 이런 밥은 처음 먹어봐요. 씹을수록 입안에서 기분 좋은 향이 우러나고, 적당히 단맛도 느껴지고, 밥이 더 구수해진 것 같고요. 아욱국이 그 향기를 더 아련하게 해주네요."

참으로 특별한 밥상이었다. 땅거미가 더욱 짙어지자 마당에서 솥뚜껑만 한 두꺼비 한 마리가 엉금엉금 토방으로 올라오더니 내 앞에서 유심히 쳐다보았다. 스님은 당신의 친구라고 하면서 나를 소개하였다. 두꺼비는 스님의 말을 듣고 내가 밥을 다 먹을 때까지 쳐다보다가 엉금엉금 뒤란으로 돌아갔다. 그러자 주위가 완전히 어둠으로 덮이고 대신 하늘이 환하게 열렸다. 수천수만 개의 어릴 적 동무들 같은 별들이 마실 나와서 놀고 있었다. 그 별들이 다 스님처럼 보였다.

오이풀뿌리밥

잔뿌리를 제거해 깨끗이 씻은 오이풀뿌리를 잘게
썬 다음 끓는 물에 데친다. 이 과정에서 특유의 쓴맛
이 제거된다. 데친 오이풀뿌리와 씻은 쌀을 섞어 밥
을 지으면 오이풀뿌리밥이 완성된다. 다른 나물밥하
고는 달리 풀의 뿌리이기 때문에 오랫동안 가열하
면 향이 더 진해져 맛있다.

엄마의 꽃밥

여러해살이풀인 오이풀은 우리나라 산과 들에서 쉽게 볼 수 있다. '오이풀'이라는 이름은 그 풀을 뜯어서 상처를 내면 오이향이 난다고 해서 붙은 것이다. 어떤 사람들은 약간 덜 익은 수박이 깨졌을 때 나는 냄새와 같다 하여 '수박풀'이라고 부른다. 나물을 좋아하는 사람들은 이 풀이 땅에서 돋아날 때는 이파리가 많지만 날씨가 더워져서 줄기가 솟아오를 때는 외줄기가 된다는 것을 알고 '외순나물'이라고 부른다. 또한 이 풀의 뿌리를 맛본 사람들은 그 맛이 인삼맛과 비슷하다 하여 '황근자黃根子'라고 부른다. 누런색이 나는 뿌리라는 뜻이다. 모두 생태적으로 정확한 표현이다. 하나의 풀을 두고 이렇게 다양한 부위에다 이름을 붙인 것도 우리 조상들뿐일 것이다.

오이풀뿌리밥을 해먹으려면 산에 가서 햇볕을 잘 받아 줄기에 살이 오른 오이풀을 찾아내는 게 먼저다. 그늘에서 사는 것들은 밑을 파봐도 통통한 뿌리가 없다. 오이풀뿌리는 가느다란 실뿌리와 작은 고구마처럼 통통한 알뿌리가 있는데 알뿌리는 줄기 밑둥에 세로로 달

오이풀뿌리는 지유라 하며 약재로 쓴다. 뿌리에는 17퍼센트의 사포닌과 타닌, 잎에는 비타민 C를 함유하고 있다. 우리 조상들은 주로 뿌리를 캐서 말려두었다가 차로 끓여 먹었다. 약간 쓴맛이 있기 때문에 대추를 같이 넣어서 끓이면 좋다. 오이풀뿌리를 넣으면 비린내가 나지 않기 때문에 닭백숙이나 오리백숙을 할 때도 같이 넣어서 끓였다.

오이풀은 데치지 않고 양념장에 그
대로·무쳐 무침으로 먹거나 샐러드
로 먹어도 될 정도로 잎이 질기지
않고 향긋하다. 샐러드로 만들 때
는 요거트드레싱이나 올리브오일드
레싱과 잘 어울린다.

려 있다. 통통한 뿌리를 따서 실뿌리를 떼어내고·씻는다. 껍질까지
벗겨내야 하기 때문에 손질하는 시간이 제법 걸린다. 미리 뿌리를
캐서 말려둔 것을 쓰면 편하다. 말릴 때는 작두나 칼로 썰어서 말려
야 한다. 통통한 뿌리도 양쪽 끝부분은 질기고 딱딱하기 때문에 잘
라내고 가운데 부분만 쓰는 게 먹기 편하다.

엄마의 꽃밥

고춧잎나물밥

"사람마다
입맛이 다 다르지만
난 이것이 최고요."

지리산 둘레길이 열리자마자 아내랑 아이와 집을 나섰다. 서울을 떠날 때는 여린 나비들이 마음껏 소풍 갈 수 있을 정도로 봄볕은 하염없이 따스했으나 막상 지리산 자락을 타자마자 게릴라처럼 먹장구름들이 모여들었고 바람도 심술을 사나워지기 시작했다. 게다가 비까지 엄습하자 어른인 아내의 발걸음도 더뎌져 자꾸만 아이의 눈치를 살피게 되었다. 이미 깊은 산속으로 들어와버렸으니 되돌아가는 길도 만만치 않았다. 우리는 그 변덕스러운 날씨를 원망하면서 느릿느릿 걸었다. 초등학교 4학년이었던 아이는 그런 사정을 이해해주었다. 비바람이 심할 때는 산자락에 앉았다가 가는 것을 재미있어했고, 주로 마을 할머니들이 운영하는 작은 비닐하우스 휴게소가 나올 때마다 그곳에 가서 라면 먹는 재미로 그럭저럭 긴 하루를 접어가고 있었다. 그렇게 걷다보니 땅거미가 밀려와서 어둑어둑해지고 있었고, 신기하게도 종일 으르렁거리던 비바람이 사라져버렸다. 그래도 추웠다. 다리도 풀렸다. 배도 고팠다. 우린 급하게 민박집을 알아보았다. 공개적으로 드러나 있는 민박집에 가려면 십 리 길을 더 가야만 했다. 우리는 안 되겠다고 생각하고는 씨앗처럼 한 점 한 점 늘어가는 마을 불빛을 향해 내려갔다. 십여 채 집들이 살고 있는 작은 마을이었다. 마을 앞으로는 제법 큰 계곡이 가로지르고 있었다. 그 계곡을 건너자마자 누군가 우리를 불렀다. 참죽나무가 생울타리 기둥 노릇을 하고 있는 청색 슬레이트 집 앞에서 어떤 할머니가 손짓하였다.

"어서 오시오. 둘레길 오는 사람이지요? 아이고오, 얼마나 추울까? 종일 비바람이 몰아쳤는데…… 여하튼 대단해요. 오늘도 얼마나 많은 사람들이 지나갔는지 몰라. 어서 와요. 여기는 자고 갈 데가 없소. 우리 집에서 주무시고 가소."

할머니는 우리가 말을 걸기도 전에 수많은 말을 쏟아냈다. 우리의 행색만 보고도 이미 어떤 상태인지 모든 걸 다 파악한 상태였다. 우린 그런 할머니가 너무나도 고마웠다. 키가 크지는 않았지만 허리가 조금도 굽지 않았고, 얼굴에 밭고랑 닮은 주름골이 많아도 별로 나이가 들어 보이지 않는 그런 사람이었다. 한평생 풀과 씨름하면서 살아온 사람들 특유의 부지런함이 당신의 발걸음에서 느껴졌으며, 손님을 정성껏 예우하는 눈빛에서는 한평생 사람의 먹거리를 길러낸 농부의 겸손함이 우러나왔다. 우리는 고

　　　　　　　　　　　　　　　　엄마의 꽃밥

맙다고 인사를 하면서 할머니를 따라갔다. 할머니는 안방 가장 깊숙한 곳, 부엌에서 나무를 몰아넣어 불을 때면 따뜻함이 가장 몰리는 그런 곳으로 우리는 안내하고는, 역시 우리가 말을 끄집어내기도 전에 저녁밥 이야기를 꺼냈다. 너무나도 배가 고파서 밥이 아니라 흙을 삶아서 내놓아도 다 먹어 치울 판이었다.

"오늘 산에 가서 나물을 뜯어다가 나물밥을 해서 먹고 조금 남았는데, 그것이 입맛에 맞을지. 입맛에 안 맞으면 말하시오. 그럼 내 국수라도 삶아주리다. 라면도 있고……."

그러면서 부엌으로 나가시더니 도깨비방망이를 뚝딱뚝딱 휘둘렀는지 금세 동그란 밥상을 들고 들어왔다. 파란 나물이 섞인 밥에서는 김이 모락모락 살아났고, 정갈하게 담긴 반찬이 다섯 가지가 넘었다. 이렇게 허름한 집에 저런 밥과 반찬이 숨겨져 있다는 사실이 믿어지지 않았다. 벌써 밥내가 내 코를 마비시켰다. 입이 짧은 아이도 밥상으로 덤벼들었다. 할머니는 아내가 무슨 나물밥이냐고 물을 때까지 말하고 싶은 걸 꾹 참았다가 우리가 간장을 넣어 비빈 다음 입안에다 몰아넣고 맛있다고 탄성을 질러대는 것까지 확인하고서야 환하게 웃으면서 입을 열었다.

"다행이네, 입맛에 맞고 좋아들 하니. 가끔씩 둘레길 오는 사람들이 자고 가기는 하지만 입맛이 까탈스러운 사람들이 있소. 우리 같은 늙은이들이 밥이나 반찬에다 독을 넣겠소, 어쩌겠소? 근데 밥이나 반찬을 의심하면서 먹는 사람들도 있어요. 아이고, 딸도 좋아하네. 많이 먹어. 밥은 또 있어. 몸에 좋은 나물이야. 오늘 산에 가서 땄소. 이것 잎사귀가 밭에다 심는 고추하고 비슷하다고 해서 고춧잎이라고 해요. 거 보시오. 비슷하지요?"

아이가 "고추는 매운데 이건 하나도 안 매워요" 하고 말하자 "아이고, 영특하네. 공부 잘하겠구먼" 하고 칭찬 세례를 한 다음 다시 고춧잎에 대한 이야기를 이어갔다.

"거기 밥상에 있는 나물도 고춧잎나물이오. 먹어보시오. 나는 봄나물 중에서 최고로 치는데…… 나물이야 사람에 따라서 사는 곳에 따라서 맛있다고 생각하는 것이 다 다르지요. 여기 사는 사람들도 다래나물을 최고로 치는 이도 있고, 고사리나물, 비름나물 다 다르지만, 난 이것이 최고요. 그래서 봄날이면 이것 많이 먹소. 이렇게 밥에다 넣어도 먹고, 반찬도 해먹고, 삶아서 말린 다음 겨울에 묵나물로도 먹고 그래요."

나도 고춧잎밥을 먹어보는 건 처음이었다. 신기하게도 밥에 섞인 고춧잎은 파란 나뭇잎 특유의 색이 조금도 변하지 않았다. 보통 뜨거운 열을 가해서 삶게 되면 그 원래의 색이 약해지기 마련이다. 할머니도 그런 이야기를 덧붙이면서, 고춧잎은 삶아도 파란빛을 잃지 않아 보기도 좋다고 하였다. 묵나물을 하면 조금 색이 변하기는 하지만 그래도 원래의 색깔이 느껴진다고 했다. 아이는 연한 고춧잎이 씹히는 맛이 상큼하다고 하더니, "그럼 이것도 밭에다 심어요?" 하고 물었다. 할머니는 소리 나지 않게 웃더니 이건 밭에다 심는 한해살이풀이 아니라 산에서 자라는 큰 나무라고 하였다.

"그런데 왜 고춧잎이라고 해요?"

아이가 다시 물었다. 할머니는 '요놈 봐라!' 하는 식으로 아이를 훑어보고는 "맞다. 고추나무라고도 한다. 우리는 그냥 나물을 먹으니까 고춧잎 고춧잎 하지만 엄밀하게 말하면 고추나무

잎이나 고추나무순이라고 해야지. 이 동네서는 고칫대나물이라고 하는 사람도 있고, 미영다래나무라고 하는 사람도 있고, 반들잎고추나무라고 하는 사람도 있기는 해. 이파리가 반들반들하거든.”

할머니는 내일 아침에 집 뒤란에 가면 고추나무를 볼 수 있다고 했다. 봄에 하얗게 피는 꽃이 예뻐서 집 뒤쪽 울타리에다 몇 그루 파다가 심어놓았다고 덧붙였다. 그래도 할머니는 울타리에서 자라는 고춧잎은 뜯어먹지 않는다고 하였다. 이상하게도 울타리에서 자란 것이랑 산에서 자란 것이랑 맛이 다르다고 했다. 처음에는 선입견이라고 생각했는데 이제는 진짜 맛이 다름을 확신한다고 했다. 그래서 울타리에다 심어놓은 것은 그냥 눈요깃감으로만 모셔두고 손도 대지 않는다고 하였다.

아내는 간장에다 비빈 고춧잎밥을 다 비우고 입을 열었다.

“할머니, 맛있게 먹었어요. 사실 많이 지쳐 있었는데, 이런 산속에서 이런 나물밥을 먹게 될 줄은 몰랐어요. 정말 감사드려요. 오늘은 뭔가 축복받은 기분이에요. 게다가 제가 이런 밥을 무척 좋아하거든요. 집에서도 콩나물밥이랑 남편이 따온 여러 가지 나물로 밥을 자주 해먹어요. 근데 고춧잎은 첨이에요. 말이 고춧잎이지 이파리만 먹는 게 아니라 연한 줄기를 통째로 넣어서 먹는 게 더 좋아요. 그래서 밥이랑 같이 씹히는 맛이 더 좋은 것 같아요. 그리고 밥에 섞여 있는 고춧잎이 정말 보기 좋아요. 이파리가 약간 빤닥빤닥하면서도 깨끗하네요. 이 나물은 벌레도 안 타나봐요?”

할머니는 그 말을 기다렸다는 식으로 말을 하였다.

“왜 벌레가 없겠소? 그놈들도 눈이 있고 귀가 있는데, 다 찾아다니면서 뜯어먹지요. 산에 가면 나만 아는 곳이 있어요. 해마

엄마의 꽃밥

다 거기 가서 뜯어 오지요. 이런 산속에 살다보면 다 자기만의 나물 뜯는 곳이 있어요. 거기는 여기보다 날이 차서 벌레가 드물어요. 그리고 이 고춧대나무가 말이요, 보통 영리한 게 아니라우. 이 나무는 독이 없어서 모든 벌레들이 다 달려들어 물어뜯는데, 그걸 알고는 날씨가 따뜻해지는 걸 기다렸다가 모든 가지에서 한꺼번에 순을 내민다우. 어디 뜯어 먹을 테면 뜯어 먹어봐라, 하고는 가지마다 새순을 내밀고 하루에도 한 뼘씩 자라지요. 그러니 벌레들이 미처 뜯어 먹을 새도 없이 새순이 자라는 것이라우."

그 말을 들은 아이는 "아빠, 진짜 나무가 그런 생각을 했을까?" 하고 물었다. 나는 조금도 망설임 없이 고개를 끄덕이면서 식물도 동물처럼 수많은 생각을 하면서 살아간다고 하였다.

─────────────── 나이 지긋한 어르신들께 봄에 즐겨 먹었던 나물이 무엇이냐고 여쭈면 세 손가락 안에 들 정도로 많이 나오는 이름이 고춧잎나물이다. 그 말을 처음 들은 사람들은 대부분 밭에다 재배하는 고추의 잎을 떠올린다. 하지만 우리나라 산에는 고추와 이파리가 똑같이 생긴 나무가 수천 년 전부터 살고 있었다. 원래 그 나무의 이름은 '미영다래나무'였다. 임진왜란 후에 일본을 통해 고추가 들어오자 '고춧잎나무'라고 불리게 된 것이다. 꽃도 고추와 비슷하고 이파리도 거의 똑같았기 때문이다. 고추나무의 잎은 고추의 잎과 달리 매운맛이 없다. 여러 사람들이 이 나물을 좋아했다는 것은 그만큼 맛이 좋고 무난하다는 뜻이다. 나무는 가늘지만 곧게 자라기 때문에 인가의 울타리 경계목으로 많이 심었다. 오늘날에는 꽃이.예뻐서 관상용으로 전원주택이나 공원에 많이 심고 있다.

고추나무의 어린순은 꽃대가 있는 것과 없는 것이 있는데, 꽃대가 달린 것이 대부분이다. 씹을 때마다 꽃대가 톡톡 터져 질감이 아주 좋다.

엄마의 꽃밥

나물밥을 하기 위해서는 신선한 고추나무순을 따야 한다. 고추나무 잎은 맛이 순하기 때문에 수많은 벌레들의 표적이 된다. 그렇기 때문에 나무는 새순을 일시에 한꺼번에 내미는 것이다. 그래도 어쩔 수 없이 달라붙는 진딧물이나 나방 애벌레들의 습격을 받게 마련이기 때문에, 채취를 할 때는 새순이 막 돋아날 때가 좋고 그늘진 곳에서 자라는 순을 따야 연하고 벌레도 없다.

고추나무순에 달린 이파리는 기름을 칠해놓은 것처럼 빤딱거리지만 아주 연하다. 그냥 생으로 씹어 먹어도 아무 탈이 없다. 새순에 독이 전혀 없기 때문에 굳이 묵나물을 해서 쓸 필요는 없지만 사시사철 고춧잎나물밥을 즐기고 싶다면 묵나물을 준비해두는 것도 좋다.

고춧잎나물밥

꽃대가 달린 고춧잎을 따서 씻은 쌀과 섞어 밥을 짓기만 하면 간단히 완성된다. 고추나무순을 넣고 지은 밥은 부드럽고 향긋하다. 고춧잎은 맛이 순하고 담백하여 살짝 데쳐 초장에 찍어 먹거나 고추장 양념으로 무쳐내도 별미다.

질경이나물죽

"질경이가 흔한
풀이라고 얕잡아보면
안 됩니다. 옛날부터
환자들한테는
좋은 죽이
되었으니까요."

몇 년 전 담낭을 절개하기 위해서 병원에 입원한 적이 있었다. 그 병실에서 알게 된 문씨는 간에 혹이 생겨서 입원했는데 당뇨병에다 고혈압까지 앓고 있었다. 그런 시아버지를 위해서 이제 갓 삼십 줄을 넘긴 며느리는 끔찍하게 음식 수발을 들고 있었다. 묘하게도 문씨는 병원 밥을 거의 입에 대지 않았다. 도저히 입에 맞지 않아서 먹을 수가 없다고 하였다. 그때마다 문씨의 아내는 집에서 육십 평생 음식 투정 해오던 버릇이 한 순간에 없어지겠냐고 한숨을 내쉬다가, 아들 내외만 오면 너희 아버지 음식 비위는 절대 맞출 수 없으니까 신경 쓰지 말라고 말했다. 그래도 다음 날이면 며느리는 몸에 좋다는 죽을 싸 들고 왔다.

그런데 하루는 며느리가 해온 죽도 먹지 않자 문씨의 아내가 대체 왜 그러냐고 버럭 소리를 질렀다. 문씨는 다른 사람들 눈길을 의식하고는 밖으로 나가버렸다. 문씨의 아내는 속 터진다고 당신 가슴을 주먹으로 몇 번 치더니 타령조로 하소연을 하기 시작했다.

"아이고오, 속 터져. 글쎄 죽에 질경이풀이 들어 있다고 먹지 않는다네요. 의사 선생님이 생풀은 간에 좋지 않으니까, 녹즙도 먹지 말고 민간요법으로 주위에서 권하는 약초들을 함부로 먹지 말라고 했다고요. 그래서 내가 이것은 질경이묵나물을 넣어서 만든 귀한 음식이요. 질경이는 옛날부터 먹었던 채소나 다름없는 것이요. 질경이풀이 많이 들어간 것도 아니고, 하도 총총하게 썰어서 저걸 다 합쳐봐도 서너 이파리 될까 말까 하겠소. 이건 묵나물로 쑨 것이라서 독도 없고, 또 어쩌다 한번 먹는 것이니 걱정 말고 드시라고 해도, 저 꼬라지를 부리니…… 며느리 얼굴 볼 면목이 없소."

문씨의 아내가 다른 사람들에게도 드셔보라고 질경이죽을 나눠주었다. 어린 시절에 내가 먹었던 그 향기가 그대로 풍겼다. 요즘은 맛을 내는 양념이 하도 흔하기 때문에 마음만 먹는다면 여러 가지 재료를 더 넣을 수도 있을 것이다. 하지만 찹쌀과 질경이묵나물 외에는 다른 재료가 보이지 않았다. 고소하고 담백했다. 제대로 만든 질경이묵나물을 구해다가 넣었음을 알 수 있었다.

어렸을 때 내가 아프기만 하면 어머니가 질경이묵나물을 잘게 썰어서 쌀과 함께 푹 끓여서 주었다. 그때도 다른 첨가물은 없었다. 쌀밥과 질경이묵나물만으로도 입맛을 돋워주기는 충분했다. 가끔씩 죽에다 구기자 열매를 넣기도 했고 장에서 사온 전복

질경이는 전국 어디에서나 볼 수 있는 흔한 풀이다. 주로 길가나 인가 주위에
서 살아간다. 우리 조상들은 질경이를 농사의 지표식물로 삼았다. 길가에서
자라는 질경이가 말라 죽으면 그 해에는 큰 가뭄이 든다고 미리 예측하였다.
산길을 가다가 길을 잃게 되면 질경이를 찾으라는 옛말이 있는데, 질경이가
있으면 인가가 근처에 있다는 뜻이다. 옛 문헌을 보면 종종 '의마초醫馬草'라는
단어가 나오기도 하는데 이것도 질경이의 별명이다. 아픈 말이 이 풀을 뜯어
먹고 병을 고쳤다고 해서 붙은 이름이다. 그만큼 사람들과 동물들에게 이로운
풀이다.

을 섞기도 했지만 그런 일은 아주 드물었다. 그러나 질경이묵나물만은 없으면 이웃집에 가서라도 얻어왔다.

원래 묵나물이란 냉장고가 없던 시절에 오래 저장하려고 말린 나물을 말한다. 농부들은 묵나물을 들에서 수확한 보리나 벼하고 동급으로 소중하게 취급하였다. 그러니까 묵나물은 식량이나 다름없었다. 작은 씨앗이 뿌리와 새싹을 내밀고 온갖 이파리를 뻗어내는 것도 거룩하고 놀랍지만, 어느 정도 자란 줄기가 삶아져서 햇살과 바람의 도움을 받으며 말랐다가 다시 물에 불어서 나물이 되는 것도 위대한 판타지다. 모든 생명체는 죽어서도 끊임없이 변한다. 풀도 말릴 때 변한다. 말리는 것도 햇살에 말리느냐, 바람을 어느 정도 받느냐에 따라서 또 달라진다. 그러니까 묵나물이란 식물 그 자체가 타고난 원초적인 맛에다 뜨거운 물과 햇살과 바람 그리고 시간이 더해져서 새롭게 탄생한 신비로운 먹거리다. 당연히 묵나물은 그냥 나물보다 더 맛있다. 대부분의 묵나물은 독성이 없어서 부담 없이 먹을 수 있을 뿐만 아니라 아무리 먹어도 물리지 않는다. 이래서 옛날 사람들은 집안 곳곳에다 말린 묵나물을 저장해놓고 긴긴 겨울을 났다. 내가 아는 몇몇 스님들은 산속에서 혼자 살아가는데, 온갖 풀들이 넘쳐나는 봄이나 여름보다 모든 풀들이 말라버린 겨울 밥상이 더 풍요롭다고 하였다. 그만큼 묵나물을 즐겨 먹는다는 뜻이다.

"생나물보다 묵나물을 많이 먹으면 몸이 건강해집니다."

옛날 사람들도 그런 사실을 알고 있었다. 그래서 누군가 아파서 누우면 질경이, 시래기 같은 묵나물을 넣고 죽을 쑤어주었던 것이다.

병실에 있던 사람들도 질경이죽을 우물우물 삼켜보고는 너무 맛있다고 하였다. 나를 제외하고는 모두 처음 먹어보는 음식이라고 하였다.

"약간 쓴맛이 있는 것도 같은데, 쓴맛은 느낌만 있고 전혀 혀에 자극을 주지 않네요. 오히려 구수한 풀맛이랑 단맛이 느껴지고, 쌀죽이 물러져서 전혀 씹히는 맛이 없어서 입안이 허전할 수가 있는데 잘게 썬 질경이가 쫄깃거리면서 그 맛을 훨씬 좋게 해줘요. 향도 좋고요. 아주 담백해요. 여기에다 전복이나 소고기 같은 걸 가볍게 넣어도 좋겠어요."

"그럼요, 질경이가 흔한 풀이라고 얕잡아보면 안 됩니다. 산속 깊은 곳에서 자라지 않고 마당 같은 곳에서 흔한 잡초라고 생각할 수도 있지만, 옛날에는 환자들한테는 좋은 죽이 되었지요. 지금은 서울서 살지만, 우리도 20년 전까지는 시골에서 살았어요."

문씨의 부인은 그때를 회상하듯이 살짝 눈을 쪼푸리고는 흐뭇하게 미소 지었다. 옛 기억을 떠올릴 때 행복해지는 사람임을 알 수 있었다. 문씨네 집은 면소재지에 있는 양옥이었지만 마당에는 질경이가 가득 찼다고 한다. 어려서부터 나물을 많이 먹고 자란 그녀는 그런 질경이를 뜯어다가 데쳐서 반찬으로 상에 올렸지만 남편은 거들떠보지도 않았다. 남편은 고기를 많이 먹어야 건강해진다고 생각하는 사람이었다. 그래서 그런지 결혼해서 살면서도 나물은 입에 대지도 않았고 고기 반찬만 찾았는데, 그것도 생선은 입에 대지 않고 돼지고기와 닭고기 같은 몇 가지 고기만을 편식했다고 하였다.

"우리 고향에서는 질경이를 빼뿌장이라고 했지요. 질기다는 뜻입니다. 어렸을 때는 질경이 이파리로 죽은 개구리를 덮어주면 살아난다는 말이 있어서 늘 그렇게 했지요. 그래서 개구리풀이라고도 했어요. 아무튼 저것으로 간단한 나물을 하려고 해도 공이 많이 들어가요. 질경이 이파리를 뜯을 때는 한여름이지요. 그러니까 뙤약볕을 뒤집어쓴 채로 낫이나 칼로 질경이를 베어내야 하는데, 그맘때쯤이면 모기도 굿을 하지요. 질경이 이파리가 작아서 빨리빨리 베거나 뜯을 수도 없어요. 그것을 양푼으로 하나 뜯어내려면 모기 1개 중대한테는 피를 바치고, 등이 물러지도록 땀벼락을 맞아야 할 것이요. 그렇게 뜯어낸 것을 우물가로 가서 박박박 문질러가면서 열 번은 씻어야 해요. 질경이는 줄기에 골이 패여서 그 틈에 온갖 때가 다 숨어 있거든요. 그런 다음 온몸이 홀쭉해지도록 땀을 쥐어짜면서 푹 삶아야 해요. 워낙 이놈의 것이 질겨서 푹 삶아야 먹을 수 있어요. 삶을 것을 끄집어내서 말릴 때도 땀벼락을 맞아야 하지요. 그러니 농사일에 바쁜 사람들은 질경이나물은 엄두도 못 내요. 나는 그나마 농사를 짓지 않아서 한가하게 그런 걸 해먹었지요……."

나는 한 마디도 하지 않고 그녀의 이야기를 들었다. 꼭 우리 어머니의 목소리가 들리는 것 같았다. 그만큼 질경이풀에 대해서 잘 알고 있었다.

"그러니 이 질경이죽 속에는…… 요걸 뜯어서 말린 사람의 정성이랑 그걸 사서 죽을 끓인 며느리 정성이랑…… 아이고, 더 말해서 뭘 하겠소? 끙, 저 인간이 오는구먼. 어, 의사 선생님도 오시네."

문씨를 따라온 교수님은 오후에 갑작스럽게 일이 생겨서 예정에 없는 진료를 하게 되었다고 양해를 구하고는 사흘 뒤에 수술 날짜가 잡혔다고 말했다. 문씨는 이미 알고 있다는 듯이 별 반응을 보이지 않더니 불쑥 입을 열었다.

"선생님, 그런데요. 이런 죽을 먹어도 됩니까? 우리 며느리가 몸에 좋다고……."

"무슨 죽인데요? 어, 구수한데요. 이게 뭡니까?"

"질경이죽이랍니다."

"아하, 질경이죽! 아이고, 좋으시겠어요. 며느리가 시아버지 생각하고 이런 귀한 음식을…… 괜찮습니다. 많이 드십시오. 옛날부터 우리 조상들이 먹어온 음식이잖아요."

문씨하고 연령대가 비슷해 보이는 교수님은 다시 한 번 괜찮다는 말을 해주고는 병실을 나갔다. 그제야 문씨의 표정이 조금 풀어졌고, 그걸 본 그의 아내는 눈꼬리를 뒤틀면서 "어린애처럼 의사 선생님한테 확인받으니까 이제 먹겠구먼!" 하고 고개를 흔들어댔다.

———————————————— 질경이로 만든 음식 중 질경이죽은 흔히 해먹는 음식이었다. 특히 환자들의 회복식으로 오래전부터 각광을 받아왔다. 구수하고 담백해서 누구나 좋아하는 맛이다. 옛사람들은 평소 질경이를 뜯어다가 삶아서 말려두었다. 그렇게 묵나물을 해두면 집안에 아픈 사람이 생기거나 누군가 밥맛이 없다고 할 때 요긴하게 쓸 수 있었다.

말린 묵나물로 죽을 하려면 미리 물에다 불려두어야 한다. 그럴 시간이 없으면 묵나물을 살짝 삶아주면 된다. 묵나물이 없다면 생잎을 써도 되는데 잎이 질기기 때문에 낫이나 칼로 베어낸다. 질경이는 잎자루가 깊게 패어 있어서 그 사이에 흙때가 잔뜩 끼어 있다. 질경이잎을 씻을 때는 그 부분을 꼼꼼하게 신경 써야 한다.

시계 방향으로 질경이꽃, 질경이씨, 질경이씨를 따로 뺀 것.

질경이나물죽

연한 질경이를 뜯어 깨끗이 씻은 다음 잘게 썬다. 불린 쌀로 죽을 끓이다가 한소끔 끓으면 잘게 썬 질경이를 넣고 숨이 죽을 때까지 젓는다. 그래야 질경이 이파리가 노골노골 풀어지고 그 향이 배어나온다. 죽은 오래 끓일수록 깊은 향을 내는 법이다.

120

질경이묵나물

질경이를 삶아서 말린 묵나물로 요리를 할 때는 서너 시간 정도 미리 물에다 담가두어야 한다. 질경이는 삶아서 말린 것도 질기다. 충분히 물에 담가서 줄기를 부드럽게 한 다음 다시 한 번 볶아서 반찬을 만든다.

질경이나물

질경이는 뜯어다가 데쳐서 바로 밥상에 올릴 수 있다. 하지만 다른 풀과 달리 무척 질기기 때문에 오래 삶아야 한다. 쓴맛은 전혀 없으므로 데칠 때 소금을 넣을 필요는 없다. 씹는 맛을 즐기는 사람들은 일부러 살짝만 데쳐서 무쳐 먹기도 한다.

질경이나물죽

차나무새순밥

어버이날을 핑계 삼아 오랜만에 고향에 갔다. 나는 텃밭가에서 나물을 뜯다가 집 뒤의 우거진 대나무 숲으로 들어갔다. 키 작은 차나무들은 한낮에도 어둡고 햇살 한 자락 내려오지 않는 그 가난한 땅에다 뿌리를 내리고 있었다. 도무지 마음을 비우지 않고서는 살 수가 없는 곳이었다. 대나무는 차나무가 아무리 아등바등해도 따라갈 수 없을 만큼 크게 웃자랄 뿐만 아니라 이파리가 무성하여 그 밑으로 햇살 한 줌 헤프게 내려 보내지 않는다. 당연히 대나무 숲에서는 식물들이 살 수가 없다. 덩굴식물들이라야 대나무 줄기를 칭칭 휘감고 올라가야 햇살을 맛볼 수 있다. 그런데 덩굴식물도 아닌 차나무들이 그 어두운 곳에서 아무런 불평도 없이 살아가고 있었다. 나도 모르게 햇순을 자근자근 씹어 먹었다. 부드러운 풋내가 혀끝에서 녹아내렸다. 할머니 생각이 났다.

"참 달다. 이래서 봄에 나는 새순을 약이라고 했지. 보들보들하니 참 좋네. 이것만 먹고도 살겠어. 이런 잎사귀만 먹고도……."

할머니는 막 움트는 찻잎을 입에 물고 우물거렸다. 그때마다 나는 고개를 갸웃하면서 "할매, 그게 진짜 달아요?" 하고 물었다. 할머니는 봄 햇살이 가득 스며든 얼굴로 나를 쳐다보면서 꿀보다 달다고 하였다. 단맛이란 설탕처럼 혀끝에서 직접 느껴지는 단맛이 있고, 몸속에서 좋았던 기억을 떠올리듯이 기분 좋게 하는 단맛이 있다고 했다. 나는 그 말을 알아들을 수가 없었다. 나도 햇순을 따서 씹어보았다. "으 써! 이게 뭐가 달다고!" 나는 퉤퉤 뱉어버렸다. 그러면 할머니는 살포시 웃으면서 천천히 씹으면 단맛이 느껴진다고 했다. 나는 아무리 해도 그 단맛을 느낄 수 없었다.

예전에는 차나무들이 우리 집 뒤란 장독대 주위와 울타리에서 살았다. 특히 장독대에서 살았던 차나무는 햇살이 푸지게 쏟아지는 곳인지라 그 그늘이 장독대 전체를 가릴 만큼 컸다. 마당에서 숨바꼭질을 하던 아이들 서넛이 달려들어도 한 품에 안아줄 만큼 그 품이 깊었다. 이파리가 워낙 촘촘해서 가까이 와서 들춰보기 전에는 숨은 아이들이 보이지 않았다.

장독대에 있었던 차나무는 봄이 되면 수백 수천 개의 새순들이 돋아났다. 그러나 대나무 숲에서 사는 차나무들은 가지에다 새순을 한두 개밖에 내밀지 않았다. 그러니까 그 새순을 따도 양이 많지 않았다. 이래서 대밭에서 자란 찻잎으로 덖은 녹차를 최고로

처주는구나, 하는 생각이 절로 들었다. 나는 햇순을 몇 번 더 씹어 먹고 아내에게 전화를 하였다. 대밭으로 들어온 아내는 시원한 바람을 맛보고는 "와아, 시원한 대숲 바람이다!" 하고 소리부터 질렀다.

"뭐야, 이게 차나무예요? 와아, 예뻐라. 근데 왜 이제까지 이야기 안 했어요? 결혼 20년 만에 처음 들어오는 대밭인데, 이렇게 환상적이고 예쁜 곳을! 여기 알았으면 작년에 보성이나 하동 같은 곳은 가지도 않았을 텐데. 다른 세상 같아요! 바람도 시원하고……."

"나도 대나무 숲에서 찻잎을 따는 건 처음이야. 꽃이 피면 더 예쁠 텐데. 차나무꽃은 늦가을에 하얗게 피지. 차나무꽃이 피면 온 동네 아이들이 우리 집으로 몰려왔어. 차나무꽃은 12월 초까지 계속 피고 지고, 어떨 땐 눈을 뒤집어쓴 모습도 볼 수 있었어."

차나무꽃을 보면 굶주린 벌이나 나비들이 찾아들었다. 특히 벌꼬리 박각시나방들이 날아들었는데, 그놈들을 잡기란 쉽지 않다. 이놈들은 벌새처럼 날개를 떨면서 긴 빨대를 내밀어서 차나무꽃에 있는 꿀을 뽑아 먹다가 아이들이 다가오면 날아가버린다. 꽃이 지면 곧 열매를 맺는다. 열매는 동백나무 열매랑 거의 비슷하다. 열매는 매우 빠르게 자라서 초겨울이면 벌어지고, 갈색 열매가 아람 벌어진 새로 툭툭 떨어져서 구른다. 어른들은 그 열매로 기름을 짜서 머릿기름이나 등잔기름으로 썼다.

우리가 두런거리면서 찻잎을 따고 있을 때 "거기 누구여?" 하는 메아리가 울려 퍼졌다. 눈을 돌려보니 대밭가에 낯익은 할머니들이 기웃거리고 있었다. 내가 인사를 하자 그 할머니 네 분이

지팡이로 차나무를 헤치면서 안으로 들어오셨다. 동네 할머니들이었다.

"그래그래, 많이들 따가소. 여기 사람들이야 쳐다보지도 않지만 서울 사람들은 녹차라고 하면 환장하드만. 밥에도 넣어 해먹고, 차로도 먹고 야단이드만."

"지금이야 동네 대밭에 차나무가 천지지만 옛날에는 이 집만 있었네."

할머니 한 분이 아내를 보고 하는 말이었다. 그때만 해도 차나무에 관심을 둔 사람은 없었다. 오직 우리 할아버지 할머니만이 차나무를 애지중지하셨다. 돌아가시기 전까지도 늘 한시를 쓰고 알 수 없는 한자 책을 읽었던 할아버지는 이름 없는 선비였다. 1980년대에 돌아가셨으니까 조선이 망하고도 많은 세월이 흐른 다음이었지만 당신은 옛 선비들처럼 그렇게 한생을 누렸다. 그런 할아버지를 위해서 할머니는 틈나는 대로 가마솥에다 차를 덖었다. 할머니는 햇봄에 딴 잎은 순하고 부드러워서 좋고, 여름에 딴 잎은 진득한 맛이 나서 좋고, 가을에 딴 잎은 맛이 강해서 좋다고 하였다. 차는 이렇게 사람의 성격에 따라 계절을 맞추어 차나무잎을 따서 만들어 먹는 게 좋다고 하였다.

"오랜만에 먹어보니까 맛있네. 이것 조금 뜯어다가 밥에다 넣어 먹을까? 나는 이렇게 차나무가 흔해도 밥에다 넣어볼 생각은 못 했어."

"허허, 그랬는가? 나는 처녀 적부터 그렇게 해먹었는데. 그때는 지금처럼 쌀이 없어서 아쉽기는 했지만, 보리쌀이나 좁쌀에다 찻잎을 넣어 해먹었다네."

　　　　　　　　　　　　　　　　　엄마의 꽃밥

"보리밥에도 찻잎을 넣어서 밥을 해먹어요?"

이번에는 내가 물었다. 그러자 할머니들이 움푹 들어간 볼에다 웃음을 떠올리며 거의 동시에 "암!" 하고 대답하셨다.

"그냥 쌀밥에다 넣고 하는 것보다 더 맛있다네. 깔깔한 보리밥에 찻잎이랑 잘 어우러져서 입안에서 오래 씹히게 하지. 이것이 쌉쌀한 맛을 내니까 더 좋아. 좁쌀에다 넣어도 그만이제. 다 가난하던 시절에 해먹었던 것들인데, 요새 사람들은 그런 음식을 더 좋아하더라고. 우리도 그렇게 해먹고 싶어도 요새는 보리랑 좁쌀이 더 귀해서 못 해먹어. 이제 쌀에다 해먹어야지. 자, 가세들. 우리 집 가서 해먹세!"

할머니들은 저마다 한 주먹씩 찻잎을 손아귀에 쥐고는 대밭을 벗어나기 시작했다. 나는 아내의 옆구리를 쿡쿡 찌르면서 그 할머니들을 따라가기 시작했다. 맨 뒤에 가던 할머니가 우리의 기척을 듣고는 뒤돌아보더니 "자네들도 먹고 싶구먼. 같이 가세" 하고 반겨주었다.

이미 몸은 여기저기 고장 난 상태였지만 부엌으로 들어간 그녀들은 놀라울 정도로 부드럽고 빠르게 움직였다. 그중 가장 허리가 굽은 할머니가 쌀을 씻는가 싶더니 순식간에 밥 냄새를 몰고 나왔다. 어떤 할머니는 텃밭에서 부추를 베어다가 무치고, 어떤 할머니는 텃밭 옆에 있는 돌나물을 뜯어다가 주물럭거렸다. 한판 봄비가 쏟아지고 나면 들이 한순간에 꽃장터로 변해버리듯이, 정말 한순간에 밥상이 봄나물로 가득했다. 구수한 냄새와 함께 연노랗게 물든 밥이 올라왔다.

"와아, 진수성찬이다!"

"다들 도깨비방망이 하나씩 갖고 사시는 것 같아요. 밥 나와라 뚝딱, 돌나물 반찬 나와라 뚝딱. 정말 감사합니다."

"우리가 자네들 덕분에 호강하네. 자네들 아니면 이런 거 해먹을 궁리도 못 해."

"맞아. 주위에 널렸지만 요새 누가 이런 걸 해먹겠어?"

"자아, 우리도 맛있게 먹어보세."

할머니들은 준비한 간장을 넣어서 비벼 먹었지만 아내랑 나는 녹차 이파리와 밥 특유의 향을 느끼고 싶어 그냥 씹어 먹었다. 그러자 할머니들이 미처 거부할 틈도 없이 새 밥을 가져다가 더 채워주었다. 이미 배 속은 가득 찬 백화점 지하주차장처럼 포화상태였지만 마음은 계속 녹차밥을 받아들이고 있었다.

"약간 쓴맛이 도는데 이상하게도 구수하면서 달아요. 미세하게 쓴 맛이 밥을 더 구수하고 달게 만드는 것 같아요. 어떻게 이런 구수한 맛이 날 수가 있는지 신기하네요."

"그 맛을 아는 것 보니까 자네도 이제 나이 들어가는구먼."

그중 가장 나이가 드신 할머니가 아내한테 하는 말이었다.

담양의 죽로차. 야생으로 여기저기 흩어져 있는 차나무잎을 따기란 쉽지 않다. 오전에 두세 시간 동안 할머니 대여섯 분이 채취한 잎을 모으면 겨우 한 솥 덖을 양만 나온다. 그런 만큼 더 귀하게 취급된다.

엄마의 꽃밥

─────────────── 우리나라에서 차에 대한 이야기가 처음으로 나오는 문헌은 『삼국사기』다. 신라 선덕왕 때부터 차가 있었으며, 흥덕왕 3년인 828년에는 당나라에 사신으로 갔던 김대렴이 돌아오는 길에 잎차나무 씨앗을 가져와서 지리산에 심었다는 기록이 있다. 『조선왕조실록』의 「세종실록」을 보면, 우리나라에서는 전라북도 옥구에서 시작하여 부안, 고부, 정읍, 순창, 전라남도 구례, 보성, 경상남도의 산청, 진주, 밀양, 울산에서 잎차나무가 자란다고 나와 있다.

이렇듯 따뜻한 남부지방에서만 자라는 차나무는 동백나무와 아주 비슷하다. 잎사귀도 그렇고, 가늘면서도 질긴 줄기도 거의 같다. 습기가 많고 찌는 듯 무더우면서도 시원한 바람이 시나브로 부는 곳, 안개가 자욱하고 아침 햇볕이 잘 받되 낮에는 그림자가 지는 계곡을 차나무는 제일 좋아한다.

대나무가 빽빽하게 자라는 대밭에서는 다른 식물들이 자랄 수가 없다. 대나무가 햇살을 차단해버리기 때문이다. 신기하게도 차나무는

차나무새순밥

차나무꽃은 가을에 펴서 찬 서리를 맞고 열
매를 맺는데, 그 씨앗은 둥글둥글한 것어 동
백씨와 아주 비슷하게 생겼다. 옛적에는 차
나무 열매를 가지고 아이들은 구슬치기 놀
이를 하고 어른들은 기름을 짜서 등잔용으
로 쓰기도 했다.

그런 환경을 좋아한다. 대나무 이파리 사이로 스며드는 햇살만으로
도 차나무는 살아가는 데 큰 지장이 없는 모양이다. 게다가 대숲은
습기가 많으며 늘 선선하고 차갑다. 그런 환경을 좋아하는 차나무는
대밭에서 잘 자란다. 대밭에서 자라는 차나무는 봄에 햇순을 몇 개
내밀지 않는다. 차나무를 대규모로 재배하는 곳에서 사는 차나무와
는 전혀 다르다.

예전에는 차나무를 요즘처럼 재배하지 않았다. 그냥 저절로 대밭이
나 울타리 근처에서 자라는 나무였다. 그래서 필요한 사람들이 와서
조용히 새순을 뜯어다가 차도 만들고 밥도 해먹었다. 그늘진 대밭에
서 움트는 차나무 새순은 연할 뿐만 아니라 쓴맛이 전혀 없다. 그냥
씹어 먹어도 구수하고 단물이 우러난다. 그것을 뜯어다가 물김치에
다 넣거나 밥이나 죽을 해서 먹었다.

차나무새순밥

차나무새순밥을 할 때는 주로 쌀밥으로 짓지만 보리밥이나 좁쌀로 지어도 맛있다.
쌀을 안칠 때 차나무순을 같이 넣고 섞어서 지으면 밥이 되어가면서 구수하면서도
자연스러운 단맛이 우러나며 연노란색으로 물들어간다. 멥쌀로 지어도 찰밥처럼 윤
기가 흐른다.

엉겅퀴나물밥

"가시투성이풀이
이런 맛이라니
믿어지지 않아요.
한번 먹으면
못 잊을 것 같아요."

가까운 친구랑 한정식집에 가서 밥을 먹었다. 수많은 나물 반찬들이 밀려 나오고 맨 마지막으로 나물돌솥밥이 나왔다. 친구는 자신이 즐겨 먹는 곤드레밥이라고 하면서 간장을 치고 비비기 시작했다.

　"이게 그 유명한 곤드레밥인가? 어디 한번 먹어보세."

　나도 친구랑 똑같이 양념간장을 넣고 비벼 먹기 시작했다. 친구는 곤드레라는 나물하고 섞인 쌀밥이 구수하면서 부드럽게 넘어가는 맛이 좋다고 하며 나를 보았다. '자네도 맛있지?' 하고 은근히 동조해주기를 바라는 눈빛이었다. 나는 적당히 고개를 끄덕여준 다음 곤드레가 무슨 풀인지 아냐고 물었다. 친구는 그런 것까지 신경 쓰지는 못했다고 하면서도, 이렇게 줄기가 부드러운 걸로 보아 무슨 취나물 종류가 아니냐고 물었다.

"아니네. 곤드레는 엉겅퀴 종류라네. 고려엉겅퀴라는 풀인데, 강원도 지역에서는 곤드레라고 부르지."

엉겅퀴라는 말에 친구는 눈을 동그랗게 떴다. 믿을 수 없다는 표정이었다.

"엉겅퀴라면 따가워야 할 텐데, 이건 전혀 따갑지 않구먼."

"고려엉겅퀴는 어린순이 다른 엉겅퀴들에 비해서 부드럽고 순하다네. 그래서 강원도 사람들이 밥에다 넣어서 같이 해먹었제. 원래는 묵나물로 해놓고서 겨울에 쌀이 부족할 때 같이 넣어서 죽을 쑤기도 했고, 나물밥을 하여 양을 불리기도 했어. 야생 곤드레밥은 이것보다 훨씬 맛있을 거야. 아무래도 이파리가 더 거칠고 싱싱하거든. 지금 우리가 먹는 것은 다 하우스에다 재배한 걸세. 농부들의 보호를 받으면서 온갖 퇴비 먹고 자란 것들이라 채소처럼 이파리가 부드럽고 맛이 밋밋할 수밖에 없지. 솔직히 이건 엉겅퀴 맛도 아니고, 그저 부드럽게 넘어가는 나물 맛인데 독특한 맛이 전혀 나질 않아. 우리 집 한번 오게. 곤드레밥은 못 하지만 내가 진짜 엉겅퀴밥을 한번 대접하겠네."

친구는 내 말을 듣고도 한동안 아무런 말이 없더니 천천히 고개를 끄덕였다.

"맞네. 이건 내가 4~5년 전에 강원도에 가서 맛있게 먹었던 그 나물밥이 아니네. 곤드레밥이라고 하니까 그렇다고 믿지, 곤드레 특유의 향과 맛은 전혀 없어. 진짜 엉겅퀴밥 한번 먹어보고 싶구면, 초대해주게."

그래서 곧바로 날을 잡았다. 마침 집에는 엉겅퀴묵나물도 있었고, 뒷산에는 어린 엉겅퀴들도 예쁘게 자라나고 있었다. 친구는 그런 엉겅퀴들을 보고는 저렇게 강해 보이는 이파리로 밥을 할 수 있냐고 물었다. 나는 그런 친구한테 초님이 이야기를 들려주었다.

초님이는 내가 아홉 살 때 만난 어른 친구다. 그녀는 나보다 열다섯 살 많았지만 동년배 친구처럼 대해주었고, 때로는 내가 이해할 수 없는 어른들 세계에서 벌어진 이야기들까지 다 풀어놓았다. 나도 그런 초님이를 진짜 친구로 생각했다. 그래서 내가 열한 살 때 아랫마을로 시집가는 초님이를 보고 몰래 울기도 했지만, 다시 만났을 때는 씩씩하게 웃으면서 행복하게 살라고 말할 수 있었다. 그해 5월이 되자 초님이는 정식으로 초대했다.

"얘는 내 친구니까 함부로 반말하면 안 돼요. 내 친구처럼 대해주어야 해요."

"알았네, 알았네. 우리 색시 친구인데 같이 술 한 잔 하지 못하는 것이 너무 아쉽네. 많이 들게나!"

신랑은 어린 나에게 농담 섞인 웃음을 뿌리면서 존대해주었다. 밥상에는 뭔지 알 수 없는 나물밥이랑 콩나물국, 잡채, 돼지고기볶음, 유채순무침 등이 올라와 있었다. 내 생애 최고의 밥상이었다.

"밥이 어떨지 모르겠다. 그냥 쌀밥을 하려다가, 너무 심심할 것 같아서 내가 가장 좋아하는 밥을 했어. 이게 뭔지 아니?"

초님이가 밥공기에 섞여 있는 나물을 가리켰다. 잘게 썰어져 있어서 알 수가 없었다. 냄새로도 구분이 어려웠고, 맛으로도 구

엄마의 꽃밥

별할 수 없었다. 다만 구수한 향이 그리 싫지 않았다.

"그냥 먹어도 되지만 달래간장에 비벼 먹으면 더 맛있어."

나는 초님이가 하는 대로 달래간장을 넣고 엉성하게 비벼댔다. 그리고 다시 한 숟갈 입에 넣고 우물우물 씹어보았다. 나도 모르게 맛있다고 소리치듯이 말해버렸다. 그런 맛은 생전 처음이었다. 뭔가 쌉쌀한 듯하면서도 심하게 혀를 자극하지 않았고, 구수하면서도 은근한 단맛이 느껴졌다. 씹히는 맛도 좋다고 말을 하려다가 뭔가 따끔한 자극에 놀라 초님이를 쳐다보았다. 초님이는 나를 빤히 보고 웃었다.

"이건 엉겅퀴밥이야. 많이 따끔거리니? 내가 큰 가시는 다 가위로 잘라냈는데…… 어린순이라 괜찮을 거야."

"진짜 엉겅퀴라고?"

그제야 놀라면서 밥에 섞인 것을 골라보니 엉겅퀴였다. 어른들은 엉겅퀴를 '가시나물' 혹은 '항가꾸' '항가시' '엉거시'라고도 불렀다. 엉겅퀴 어린순을 뜯어 나물로 해먹는 것이야 많이 보았고, 어른들이 엉겅퀴뿌리를 캐서 술에 담아서 드시거나 뿌리를 달여 드시는 것도 보았다. 하지만 밥에다 넣어 먹는 것은 처음이라 약간 당황스러웠다.

"우리 친정 엄마가 입맛 없을 때마다 해드시는 것인데, 이젠 내가 제일 좋아하는 밥이 됐어. 따끔거리는 것이 약간 중독성이 있어서 더 좋아하게 되었지. 하지만 절대 입안에서 상처가 날 정도로 아프지는 않아. 그러니 안심하고 먹어도 돼. 이건 묵나물이라 한 번만 씹으면 여린 가시가 물러지거든."

그 말을 듣고 다시 씹어보니까 정말 별로 불편하지 않았다.

씨가 뿌리를 내리고 잎이 뻗어나가 꽃이 피고
열매를 맺기까지, 엉겅퀴의 모습은 백팔십도로 변한다.
해질녘, 부서지는 햇살에 멀리멀리 날아가는
엉겅퀴홀씨를 바라보고 있노라면 황홀하기까지 하다.

초님이는 약간 쓴맛이라고 했지만 나는 구수한 맛이 좋았다. 나도 모르게 밥그릇을 후딱 비우고야 말았다. 집에 와서 어머니한테 그 이야기를 했더니 "귀한 음식 먹고 왔구나. 나도 처녀 때 한두 번 해먹어보고는 아직 못 먹어봤다" 하고 웃어주었다.

그 뒤로는 종종 엉겅퀴밥이 우리 집 밥상에 올라왔다. 우리 형제들은 엉겅퀴밥이 나오면 큰 양푼에다 한꺼번에 비벼서 일부러 이에다 힘을 주고 요란하게 퍼다 먹었다.

"어이 친구, 이건 가시가 있지만 놀랍게도 아이들이 좋아하는 나물밥이 된다네. 내가 장담하네. 자네 딸한테도 먹여보게. 처음에는 아이들이 긴장하면서 먹지만 금방 엉겅퀴나물밥에 반하게 된다네. 나도 어린 시절에 그랬고……."

"에이 이 사람아, 농담 말게. 아무리 맛이 있어도 가시가 있는데, 이건 어른들이나 좋아하는 음식 아닌가? 옛날에는 아이들이 먹을 게 없어서 그랬을 것이고, 요즘은 먹을 것 천지라서 밥도 잘 먹지 않는데 무슨 소리?"

"이 동네 아이들도 좋아했다네!"

"그건 자네가 해서 주니까 예의상 그랬겠지."

"그럼 한번 자네 딸한테 먹여보게."

그는 엉겅퀴나물밥이 상에 오르자마자 비비더니 중학생인 딸을 불렀다.

"은비야, 이것 좀 먹어봐라. 여기 어른들 의식하지 말고, 솔직하게 말해봐. 맛있냐, 맛이 없냐?"

은비는 한 수저 가득 퍼서 씹어 먹더니 "어머!" 하고 약간 놀라는 표정을 지었다. 그것도 잠시였다. 은비는 입안에 가득 찬 것

을 이내 삼키더니 더 달라고 하였다. 친구랑 그의 아내가 놀라는
표정을 지었다.

"집에서는 밥도 잘 먹지 않던 애가?"

"아빠, 이걸 맛있다고 표현해야 하는지 어째야 하는지 그건
모르겠어요. 근데 분명한 건 특별해요. 그리고 입맛을 자극해요.
따끔하고 느껴지는 순간 식욕이 당겨요. 나물 맛도 괜찮고요. 구
수하네요. 이게 뭐라고요? 뭐요, 엉겅퀴? 그 가시투성이풀이 이런
맛이라니, 믿어지지 않아요. 그래도 괜찮아요. 먹을 만해요. 한번
먹으면 못 잊을 것 같아요."

은비는 끊임없이 중얼거리면서 엉겅퀴나물비빔밥을 먹었고,
친구랑 그의 아내는 멍하니 그런 딸을 바라다보고만 있었다.

엉겅퀴잎은 이 정도 크기로 자랐을 때가 너무 질기지 않아 나물.만들기 딱 좋다.

────────────── 엉겅퀴는 가시가 있지만 그 어떤 풀보다 맛있는 나물이 된다. 나물밥을 할 때는 주로 어린순을 이용하기 때문에 가시가 있어도 크게 거슬리지 않는다. 예부터 엉겅퀴 중에서도 특히 이파리가 부드러운 울릉도 섬엉겅퀴와 유럽에서 온 고려엉겅퀴 등을 나물밥으로 많이 해먹었다. 그 밖에도 지느러미엉겅퀴, 참엉겅퀴, 큰엉겅퀴 등 대부분의 엉겅퀴도 어린순을 쓰면 나물밥을 할 수가 있다.

나물밥에 들어가는 엉겅퀴 어린순은 부드럽고 연할수록 좋다. 오늘날 '곤드레'라고 부르는 고려엉겅퀴는 어린순에 가시가 없어서 부드럽게 먹을 순 있지만 엉겅퀴 특유의 맛을 느낄 수는 없다. 더구나 요즘 시중에서 먹는 곤드레나물밥은 거의 다 재배하는 엉겅퀴를 쓰기 때문에 더욱 맛이 없다. 엉겅퀴나물밥의 진미를 알기 위해서는 반드시 야생 엉겅퀴 어린순을 사용할 것을 권한다.

엉겅퀴나물밥

엉겅퀴 어린순을 뜯어 적당한 크기로 썬 뒤 밥을 짓다가 한소끔 끓으면 썰어둔 엉
겅퀴를 얹어 밥을 짓는다. 엉겅퀴 가시의 따끔따끔한 질감이 싫다면 가위로 일일이
잘라내는 것도 방법이다. 나물로 쓸 때는 손으로 비빈 다음 데치면 부드러워진다.

142

갈퀴나물꽃밥

"뭐든 귀해야
값을 쳐주는 법인데
이건 너무 흔해요.
그래도 어떤
나물하고 견줘도
손색없을 거요."

어느 대안학교 가족 캠프에 강사로 참여하였다. 산자락 밑에 있는 학교 운동장에다 열 가족이 텐트를 쳤다. 나는 약 40명의 사람들을 데리고 들길을 걸으며 들풀에 대한 설명을 하고 있었다. 하지만 그늘 한 점 살지 않는 들길을 걸어다니는 행위 자체가 무모한 짓이었다. 그래서 냇물을 만나자마자 물속 생태를 공부하자는 핑계로 물놀이를 하게 하였다. 아이들이야 신이 났지만 어른들은 금방 싫증을 냈다. 그들은 물놀이에 취해버린 아이들이야 어쩔 수 없다고 쳐도 어른들만이라도 데리고 다니면서 풀 하나라도 더 알려주기를 바라고 있었다. 나는 어쩔 수 없이 원하는 사람들을 끌고 여름 풀들이 태평성대를 누리고 있는 봇도랑으로 걸어갔다. 뙤약볕은 그런 인간들의 무모한 행동을 용납할 수 없다는 식으로 폭탄처럼 쏟아져 내렸고, 결국 어른들도 허덕이기 시작했다. 나는 어른들을 데리고 콘크리트 다리 밑으로 피신했다. 그곳에서 찬물에다 발을 담그고 더위를 식히자 내 옆에 있던 사람이 말했다.

"선생님, 혹시 이런 곳에서 바로 뜯어 나물로 해먹을 수 있는 들풀은 없을까요? 그런 걸 뜯어 저녁에 해먹으면 좋을 것 같아요."

참으로 난감한 일이었다. 지금은 한여름이라 마땅히 뜯어서 나물로 무쳐 먹을 풀도 거의 없었다. 샐러드를 해먹을 수 있는 고마리나 가막살이 같은 풀이 주위에 있지만 여름철에는 너무 억세기 때문에 도무지 어찌할 수가 없었다. 그들은 내 말을 듣고도 '당신은 돈 받고 온 생태 선생님이니까 어떻게 해서든 우리의 요구를 들어주어야 합니다'라는 눈빛을 꺾지 않았다. 나는 일어나서 주위를 돌아다보았다. 그때 갈대 사이로 보라색 꽃들이 보였다. 나는 하마터면 반가운 친구를 만난 것처럼 소리칠 뻔했다.

"갈퀴나물입니다. 저 꽃을 따다가 꽃밥을 하면 될 것 같습니다. 이것 이름은 등갈퀴지만 저는 그냥 갈퀴나물이라고 불러요. 갈퀴나물 종류가 많은데 비슷비슷해서 구별하기도 어렵습니다. 전문가가 아니면 구별하기 쉽지 않아요. 일반인들은 굳이 그것을 구별할 필요도 없는 것 같아요. 시골 사람들도 그냥 갈퀴풀 혹은 갈퀴나물이라고 부릅니다."

사람들은 신나게 꽃을 땄다. 그제야 이번 캠프에 와서 무엇인가를 했다는 성취감에 부풀어 오른 눈빛이었다. 나 혼자만 쓸쓸하

엄마의 꽃밥

게 웃을 뿐이었다. 이런 캠프는 절대 오지 않겠다고 몇 번이나 다짐을 했지만 막상 섭외가 들어오면 목구멍이 포도청이라고 쉽게 거절할 수 없었던 나 자신을 다시 돌아다보았다. 그래도 가족들이 학교 운동장으로 가서 신나게 밥하는 모습을 보니 조금은 위로가 되었다. 나는 꽃을 너무 많이 넣으면 밥이 쓸 수도 있다는 점을 강조했고, 남은 꽃은 전을 부쳐서 먹자고 하였다. 지혜로운 사람들을 많이 키워냈을 것 같은 산부리는 다른 때보다 서둘러 학교 운동장으로 땅거미를 내려 보내면서 더위를 식혀주었다. 연분홍색 꽃밥이 은연중에 사람들을 들뜨게 하였다. 약간 쌉쌀하게 지어진 밥도 있었는데 분위기 때문이었는지 모르겠지만 아이들도 꽃밥을 좋아했다. 살짝 간장에 비벼진 꽃밥이 예쁜 아이의 입안으로 사라지는 것을 볼 때마다 내 마음이 다 흐뭇했다. 꽃전도 나왔고 막걸리도 돌았다. 그렇게 분위기가 무르익어가자 나는 갈퀴덩굴에 대한 이야기를 들려주었다.

"제가 열 살 때인가 그렇습니다. 한식을 며칠 앞둔 토요일, 마당으로 중년 부부가 들어섰어요. 어떻게 알았는지 어머니가 바람처럼 달려가서 손님들의 손을 잡았지요. 어머니는 나한테 당숙뻘 되는 집안어른들이라고 소개시키더군요. 당숙은 열 살 때까지 우리 마을에서 살았고, 우리 집 신세를 많이 졌다고 하였지요. 어쨌든 서울로 가서 돈을 많이 버신 모양이더라고요. 당숙은 한식을 앞두고 조상님들 산소를 둘러볼 겸 겸사겸사 찾아왔다고 하면서 갈 길이 멀어서 가겠다고 하자, 어머니가 덥석 손으로 그분의 손을 잡아끌었지요. '우리가 비록 가까운 친척은 아니어도 조상 대대로 한 식구처럼 지냈소. 그런데 이렇게 가신다면 서운하지요. 그

칼퀴덩굴 이파리는 '산완두'라고 불렀을 정도로 완두콩하고 거의 비슷하다.
어린순은 연하기 때문에 굳이 칼로 베어낼 필요가 없다.
앉아서 잠깐만 손품을 팔면 온 식구들이 먹을 수 있을 정도의 양을 뜯을 수 있다.
벌레도 많이 타지 않고 줄기도 깨끗하기 때문에 검불만 묻지 않으면
따로 다듬을 필요도 없다.

래도 고향이라고 오셨으니, 따뜻한 밥 한 끼는 드시고 가야지요.'
그러고는 마루 밑에 있는 나물 칼을 들고는 밖으로 나갔어요."

　당숙 내외도 따라나섰다. 어머니는 골목 입구로 나가 냉이를
캤다. 봄물을 먹고 통통하게 살 오른 냉이들의 살 냄새가 진하게
풍겼다. 어머니는 냉이가 어느 정도 바구니에 차자, 돌담 밑에 우
거져 있는 갈퀴나물 쪽으로 걸어갔다. 수분이 많고 흙살이 무른 도
랑가나 논두렁 같은 곳에서 무리 지어 자라는 그 풀을 우리는 '갈
쿠덩굴' '갈쿠풀'이라고 불렀고 어른들은 '녹두두미'나 '말너울'이
라고 불렀다. 완두콩처럼 생긴 이파리가 달린 그 덩굴은 여름이면
연분홍색 꽃을 피웠는데 하도 무성하게 자라서 금세 도랑가를 덮
어버렸다. 베어다 주면 소들이 먹기는 해도 그냥 그 근처로 끌고
가면 잘 뜯어 먹지 않는 풀이었다. 그러니 당숙모의 입에서 "여보,
저건 잡초 아냐? 저런 풀을 어떻게 먹어요……" 하는 말이 나오
는 게 당연했다. 그 말을 듣자 이상하게도 내 얼굴이 달아올랐다.

　"어허, 이 집은 대대로 나물 반찬이 유명해. 함부로 나물 해먹
는 사람들이 아니야!"

　워낙 당숙이 강하게 말하자 당숙모는 한풀 꺾인 표정이었으
나, 어머니가 차려온 밥상 앞에 서도 표정이 밝지 않았다. 냉잇국,
묵은 김치, 봄동이랑 갈퀴나물이 보였다.

　"반찬이 너무 없어서 갈퀴나물을 뜯어다 나물로 했소. 생긴
것은 보잘것없어도 입맛은 버리지 않을 거요."

　그 말을 듣고도 당숙모는 미적거렸다. 먼저 당숙이 갈퀴나물
을 집어서 먹더니 흐뭇한 미소를 흘려냈다.

　"이야, 이거 너무 맛있다. 풋내도 전혀 안 나고, 씹히는 질감

도 끝내주네. 봄나물은 보통 쓰거나 떫은데 전혀 그렇지 않고 오히려 단맛이 우러나. 역시 이 집 나물은 알아준다니까!"

그 말을 듣고서야 당숙모도 갈퀴나물을 우물우물 씹더니 이내 얼굴색이 밝아졌다.

"어머, 진짜 그러네요. 어쩜 이렇게 나물 씹히는 맛이 부드럽고 달지요? 아주 담백하면서도 단맛이 우러나요. 지금까지 먹어본 나물 중 최고인 것 같아요. 아까 밖에서 볼 때는 그냥 잡초처럼 보였는데……."

당숙모가 약간 미안해하는 눈빛으로 어머니를 쳐다봤다. 어머니는 그 풀을 보면 당연히 그런 생각이 들 것이라고 하며, 워낙 잘 자라기 때문에 이곳 사람들도 나물로는 잘 뜯어 먹지 않는다고 했다.

"뭐든지 귀해야 더 값을 쳐주는 법이요. 그런데 이것이 너무 흔해요. 그래서 여기 사람들도 나물로 쳐주지 않지만, 우리 친정에서는 봄에 단골로 해먹었던 것이요. 봄에 나오는 그 어떤 나물하고 견주어도 손색이 없을 거요. 하도 귀한 손님이라 뭘 반찬으로 할까 궁리하다가 요것이 퍼뜩 생각났소. 그래도 입맛에 안 맞을까봐 걱정했는데, 맛있다니 천만다행이요."

어머니는 진심으로 안도하면서 고마워하는 빛을 감추지 못했다. 당숙모는 나물을 비벼 먹어야 제맛이 난다면서 양푼을 부탁했다. 어머니가 큰 양푼을 가져오자 고맙다고 하고는, 겁 없이 밥을 두 공기 붓더니 갈퀴나물이랑 다른 나물을 넣고 고추장까지 넣은 다음 재빠르게 비벼댔다. 그리고는 당숙에게 먼저 한 공기 퍼준 다음 당신은 직접 비빔밥이 들어찬 양푼을 품에 안고는, 그 우

아함으로 무장하고 있던 서울 사모님 특유의 경직된 표정을 다 놓아버린 채 갈퀴나물비빔밥을 먹어댔다. 놀라운 일이었다. 나는 서울 사람들도 걸신 들린 일꾼들처럼 밥을 많이 먹는다는 사실을 그때 처음 알았다.

"당숙모는 어머니랑 헤어질 때는 갈퀴나물을 먹고 싶어서라도 다음해에 꼭 찾아오겠다고 하셨죠. 그로부터 몇 년간 당숙모는 한식날 전후로 꼭 찾아오셨지요. 그리고 갈퀴나물에다 밥 한 공기를 맛있게 비벼 먹으면서 '난 이 나물이 세상에서 가장 맛있어요!'라는 말을 몇 번이나 하셨지요. 어머니도 갈퀴나물만 보면 당숙모가 생각난다고 했고요. 그러다가 몇 년 전부터 당숙모가 편찮아서 고향에 내려오지 않자, 어머니는 갈퀴나물을 뜯어서 택배로 보내주셨답니다. 그걸 받은 당숙모가 고맙다는 전화를 하면, 그 값어치 없는 것을, 그 아무것도 아닌 것을 귀하게 생각하면서 먹어주어 오히려 고맙다는 말을 몇 번이나 하셨지요. 갈퀴나물은 얼마든지 있으니까 먹고 싶으면 언제든지 연락하라고 하면서, 제발 건강하라는 말을 몇 번이나 되풀이하셨지요. 그만큼 맛있는 풀입니다. 봄에 꼭 한번 나물밥이나 비빔밥을 만들어 드셔보세요."

내 말을 들은 사람들이 다음해 봄에 나를 다시 캠프에 초대하겠다고 하였다. 순간 나도 모르게 그들의 덫에 걸려든 느낌이었다. 나는 온갖 구실을 내세워 그 말을 거절하려다가 "저도 한번 그 비빔밥 먹어보고 싶어요!" 하고 소리치는 맑은 눈의 아이를 보는 순간 그만 헤헤헤 하고 웃음이 나오고야 말았다.

엄마의 꽃밥

───────────── 콩과식물인 갈퀴나물은 덩굴손이 갈퀴
를 닮았다고 해서 이름 지어졌다. 덩굴손을 자세히 보면 갈퀴발을
닮았는데, 다른 풀과 달리 덩굴손이 잎자루 끝에서 나오는 게 특징
이다. 밤이 되면 이파리를 움츠리는 것도 특징이다. 어린순은 자운영
과 비슷하나 자운영은 덩굴손이 없기 때문에 덩굴손의 유무에 따라
구분하면 된다. 갈퀴나물에는 종류가 많지만 다 나물로 먹을 수 있
다. 잡초처럼 우거져서 자라고 흔한 풀이라서 귀한 나물 대접은 받
지 못했지만 이 나물의 맛을 아는 사람들은 봄철 내내 반찬으로 밥
상에다 올렸다.

어린순은 따다가 살짝 데쳐서 나물이나 국거리로 해먹는다. 쓴맛이
전혀 없기 때문에 소금을 넣지 않은 물에 살짝만 데쳐도 된다. 워낙
순하고 부드러워서 어떻게 조리해도 다 맛있다.

갈퀴나물꽃밥

여름에 피는 갈퀴나물꽃은 예로부터 많이들 쓰는 여름철 식재료였다. 주로 꽃밥을
지어 먹었는데 말린 꽃과 생화를 섞어 넣는 게 일반적이다. 생화를 너무 많이 넣으
면 맛이 쓸 수 있기 때문에 적당히 넣어야 한다. 꽃은 화전을 만들어 먹기도 하고 물
김치에다 넣어서 먹기도 한다.

가락지나물국밥

> "사람은 고사하고
> 소도 잘 먹지 않는
> 풀인데 두 그릇이나
> 말아 먹어 치웠지."

봄날 오후가 저물어가고 있었다. 아이들의 발걸음도 눈에 띄게 무뎌져 있었다. 나는 뒤따라오는 한 선생님을 보고 근처에서 하룻밤 새는 것도 괜찮겠다고 하였다. 계단식 논 아래쪽에는 작은 마을이 보였고, 그 마을 앞으로는 아이들이 만만하게 생각하면서 막 달려들었을 것 같은 실개천이 흐르고 있었다. 한 선생님도 그게 좋겠다고 말을 하고는 주위를 두리번거리더니 논 위쪽을 가리켰다. 무슨 용도인지는 모르겠지만 논과 산의 경계에는 제법 넓은 터가 평평하게 닦여져 있었다. 그곳에다 텐트를 치겠다고 하자 아이들이 환호성을 질렀다. 나는 어느 대안학교 청소년 인문학 캠프의 초대 선생님으로 참여하던 중이었다.

"이번 봄 캠프는 정해진 일정이 없어요. 그냥 2박 3일간 걷는 겁니다. 친구들이랑 도란도란 이야기하면서 걷는 겁니다. 대신 밥은 해먹어야 해요. 반찬도 없어요. 쌀만 준비하고, 그 밖에는 된장 고추장 같은 양념거리들만 가지고 갑니다. 반찬은 다 알아서 해먹는 거지요. 이것이 이번 봄나들이의 핵심입니다. 아이들이 직접 나물을 뜯어서 반찬을 만들어보는 것. 그래서 형이 필요하다는 겁니다."

한 선생님은 이러저러한 이유로 정규학교에서 버림받은 청소년들을 모아서 가르치는 대안학교를 10년째 꾸려가고 있다. 그런 한 선생님의 부탁이었기에 흔쾌히 수락하였다.

나는 텐트 치기가 끝나자 아이들은 물론이요 선생님들까지 불러 모았다. 여덟 명의 아이들을 두 개조로 나누었다.

"주위에 반찬거리가 너무 풍요롭네요. 제가 몇 가지 풀을 뜯어왔으니까 샘플을 들고 다니면서 뜯어도 돼요. 이건 고춧잎이라고 하는데, 고추나무 새순입니다. 이건 홑잎나물이라고 화살나무 새순이고요. 이건 엉겅퀴 새순, 이건 구절초 새순, 이건 쑥, 이건 청미래순, 청가시순…… 이걸로 나물밥을 하면 돼요. 나물거리는 더 많아요. 우선 쑥으로 국을 끓여도 되고, 청가시, 청미래순은 나물로, 돌나물, 나도나물, 냉이, 꽃다지로는…….

아이들과 선생님들은 내가 준 표본을 들고 흩어졌다. 나는 흐뭇한 표정을 지으면서 풀밭으로 가다가 내 뒤를 따라오는 한 아이를 보았다. 키가 190센티미터가 넘어 보이는 녀석은 아주 꼼꼼하게 들풀을 뜯어서 비닐봉지에다 담았다. 그러더니 갑자기 물었다.

"샘, 이것도 먹지요? 꼭 뱀딸기 같네요?"

"그건 가락지나물이라고 하는데, 진짜 오랜만에 본다. 그걸로 나물도 해먹고 국도 끓여 먹어. 나한테는 사연 있는 풀이다."

"헉, 이 풀에 사연이 있다고요? 그냥 잡초 같은데……."

"그래, 중학교 때였어. 친한 친구가 사흘간이나 무단결석하자 선생님이 나를 부르더니 친구네 집에 갔다 오라고 했지. 친구네 집은 들판 한가운데 외톨이로 떨어져 있었지. 논에서 모를 심던 친구가 나를 보고 나왔어. 아버지가 병원에 입원하시는 바람에 모를 심을 사람이 없어서 어쩔 수 없이 결석을 했다는 거야. 새참을 들고 나온 친구 어머니가 나를 보고는 '멀리서 왔는데 먹을 게 없어서 어쩔까? 자, 그래도 어서 먹소. 밥은 많으니까 많이 먹소. 자, 이건 우리만 먹는 국인데……' 하면서 국을 떠주자, 친구가 갑자기 긴 팔을 쭉 뻗어서 그걸 낚아챘지. 나는 무척 당황했어. 친구는 자기 어머니한테 '엄마 그러지 말라니까! 이건 우리만 먹는 음식이요. 친구가 이걸 먹겠소?' 하고 화를 냈어. 내가 당황하자 친구가 국에 든 풀을 가리키면서, 이게 무슨 풀인지 아냐고 물었지."

그건 어른들이 '고시레풀'이라고 부르는 들풀이었다. 우리가 앉아 있는 곳 바로 옆에도 고시레풀이 보였다. 농부들은 이런 들에서 새참을 먹을 때마다 차지고 아까운 쌀밥을 한 수저 퍼낸 다음 "고시레!" 하고 논두렁에다 던진다. 이 들을 지켜주는 신에게 올 한 해도 농사가 잘되게 해달라고 작은 정성을 바치는 것이다. 하지만 실제로 고시레 음식을 받아먹는 것은 들풀이다. 그렇게 논두렁에서 고시레를 받아먹는다고 해서 붙은 이름이다.

"며칠 전에 마을 사람들이 몇 분 오셔서 함께 밥을 먹는데, 이 나물을 보고는 '이건 소도 먹지 않는 풀이요!' 하고 말하더라.

그런 풀을 우리는 먹는다. 우리 엄마는 봄에 나는 풀이라고 하면 못 먹는 풀이 없다고 하시면서, 뭣이든지 다 뜯어서 나물 하거나 국 끓여 드신다."

우리 마을에서는 그 풀을 '거지풀'이라고 부른다. 사람들이 고시레 하면서 그 풀 위에다 던져놓은 음식을 거지들이 와서 집어 먹는다고 해서 붙은 이름이다. 또한 논두렁에서 자라기 때문에 '논두렁꽃'이라고도 부른다. 논두렁에서 유독 많이 볼 수 있기 때문이다.

친구 어머니가 담배 연기를 깊게 들이마셨다가 내뱉으면서 조용한 목소리로 말했다. "그래, 니 맘을 안다만, 엄마 말이 틀린 것은 아니어. 이것이 고깃국만큼 좋지는 않지만 몸에 나쁜 나물은 아니어. 우리는 사방이 논으로 둘러싸인 들 가운데 살다보니 밭에서 나는 나물을 구하기가 어렵지. 그래서 엄마가 자꾸 논가에서 살아가는 나물을 관심 있게 본 것이어. 그러다가 몇 년 전에 어떤 스님 한 분이 동냥 오셨다가 이 논두렁을 보시고는 '보살님, 저기 맛있는 나물들이 널려 있소. 저기서 자라는 것들은 다 뜯어다 드셔도 됩니다' 하고는 이 고시레풀을 뜯어 생으로 씹으시더라고, 생으로 먹어도 탈이 없다면서. 그래서 먹게 된 거야." 그 말을 듣고도 친구는 마을 사람들이랑 같이 밥을 먹을 때는 그 고시레나물을 내놓지 말라고 쏘아댔다.

"나는 슬그머니 고시레풀로 끓인 국을 먹어보았어. 친구가 놀라는 눈빛이었지. 근데 맛이 좋더라고. 씹을수록 단맛이 났지. 들에서 먹는 밥을 들밥이라고 하는데, 들밥을 말았더니 근사한 국밥이 되는 거야. 미나리 비슷한 것을 씹는 느낌이랄까? 어머니는 살짝 웃으셨고, 친구는 내 눈을 피하지 않고 말했어. '나도 맛이 이상하다는 것은 아니야. 그냥 쪽팔려서 그러는 것이지. 아무 데나 나는 잡풀인 데다가 사람은 고사하고 소도 잘 먹지 않는 풀이라서…….' 나는 친구를 충분히 이해할 수 있었어. 그렇다고 내가 해줄 말도 없어서 밥만 두 그릇이나 말아 먹어 치웠지. 논일을 갈무리하고 돌아갈 즈음 친구가 내 손을 꼭 잡더니 '고맙다!' 하고 한참을 놓지 않았지. 그놈의 얼굴에 노란 고시레꽃이 피어 있는 것 같았어. 나는 어른이 되어서야 그 풀 이름이 '가락지나물'이라는 걸 알았지만, 실은 고시레풀이라는 말이 더 편해."

내 말을 들은 아이는 가락지나물을 다시 보았다.

"와아, 이런 잡초 같은 풀에 그런 사연이 있다니 믿어지지 않네요. 그렇다면 여기 있는 모든 풀들이 다 사연이 있을 수 있겠네요. 수천 년 수만 년 동안 살아왔을 테니까요. 아, 이거 재미있는데…… 이런 것 연구해도 재미있을 것 같아요."

"오오, 그거 좋지. 네가 한번 해봐라."

"근데 이런 풀을 연구하려면 공부를 잘해야 하잖아요."

조금 전까지만 해도 순해 보이던 아이의 얼굴이 창백해지면서 일그러졌다. 더 이상 묻지 않아도 성적 때문에 얼마나 시달려왔는지를 알 수 있었다.

"물론 공부를 잘하면 더 좋겠지만 꼭 그러지 않아도 돼. 네열정만 있으면 돼. 나는 진심으로 그렇게 생각해. 지금은 좋은 책들이 많이 번역되어 있어. 그것만으로도 충분해. 나머지는 네가저 들풀하고 이야기가 통할 정도로 친해지는 것이 더 중요해. 그만큼 열정을 가지고 들풀을 이해하려고 하면서 연구하면 좋은 결

과가 나올 거야……."

　녀석은 잠시 멈칫하더니 하늘을 보았다. 키가 유독 커서 그런 지 숲에 있는 나무 같았다.

　"그 친구분은 지금 만나요?"

　"아니, 중학교 졸업하고 헤어졌어. 그놈이 보고 싶네. 그놈은 어디에서 뭘 하면서 늙어가고 있을까? 보고 싶다!"

　"샘, 우리 어서 가서 음식 만들어요. 제가 한번 이 고시레풀로 국을 끓여볼게요. 저 음식 만드는 것 좋아하거든요. 이 풀을 씻어서 넣고 된장만 풀어서 끓이면 되죠? 라면에다 넣어 먹어도 좋을 것 같아요. 저는 이 풀을 '샘풀'이라고 부를래요. 오늘 이 풀 때문에 샘을 알게 되었으니까요."

　그 말을 듣자 이상하게도 가슴이 뭉클했다. 나도 모르게 녀석의 등을 툭 쳐주었다.

―――――――――――――― 우리 조상들처럼 풀을 많이 먹고 살아
온 민족도 드물다. 그리 넓지 않은 한반도에서도 지역에 따라 먹는
풀이 다 달랐다. 평야가 펼쳐진 지역에 사는 사람들은 산에서 나는
나물은 구할 수가 없었기 때문에 들에서 나는 나물만 먹었는데 그
중 하나가 가락지나물이다. 나물이 많은 산간 지역에서 사는 사람들
이 보기에는 저런 잡초도 먹을 수 있는 것이냐 의아해할 수도 있지
만 가락지나물을 먹어본 사람들은 취나물하고도 안 바꾼다 할 정도
로 그 맛이 특별하다.

가락지나물은 줄기가 빽빽하게 우거진 곳에서 줄기를 잡고 뽑아낸
다. 빽빽한 곳에서 줄기를 뜯으면 그만큼 순이 연하고 부드럽기 때
문이다. 줄기를 잡고 뽑아내면 뿌리 윗부분까지 뽑히는데 그 부분은
햇살을 받지 않아서 희고 부드럽다.

가락지나물은 생으로 무쳐서 먹을 수 있을 정도로 성질이 순하나 초

가락지나물은 뱀딸기와 비슷해서 착각하기 십상이다. 뱀딸기
나 양지꽃은 잎이 세 장이지만 가락지나물은 잎이 손가락처
럼 다섯 장으로 갈라진 게 특징이니 잎의 수를 잘 헤아려보면
구분할 수 있다.

엄마의 꽃밥

가락지나물은 한해살이 덩굴풀이다. 봄이 되면 새순이 돋아나 옆으로 뻗어간다. 가락지나물순은 나물부터 밥까지, 다양하게 해먹을 수 있지만 국으로 끓였을 때가 가장 맛있다. 달래된장국을 끓이듯 된장 푼 물에 가락지나물을 넣어 끓이면, 단순하지만 아주 맛좋은 가락지나물국이 완성된다.

여름에 돋아나기 때문에 약간 질긴 편이다. 그래서 살짝 데친 다음 국이나 나물로 해먹는다. 가락지나물순을 뜯어다가 밥이나 죽을 만들어 먹기도 하는데, 이때는 훨씬 여린 순을 뜯어야 하고 긴 줄기는 잘게 썰어서 사용하는 게 좋다. 가락지나물순은 국에 넣고 끓였을 때 그 맛이 가장 좋다. 수백 수천 년 동안 수많은 사람들이 다양하게 음식을 해서 먹어보고 내린 결론이다. 국거리로 하면 씹히는 맛이 좋고 국물 맛도 좋다. 특히 된장과 맛의 궁합이 잘 맞는다.

복사꽃밥

후배하고 치악산에 갔다가 그의 생가에 들르게
되었다. 그는 치악산에서 멀지 않다고 했지만 차
를 몰고 꼬박 한 시간 넘게 달려야만 갈 수 있는
거리였다. 그의 생가는 마을에서 가장 외딴 곳에
숨어 있었다. 산이 크지 않아 흘려내는 수량은 많
지 않지만 그래도 계곡은 제법 깊은 맛이 풍겼고,
거기에다 복사꽃들이 강물처럼 출렁거려서 온갖
어지러운 생각들을 다 지워주기에 충분한 그런
곳이었다.

"한번은 초등학교 때 여선생님이 가정방문을
왔는데, 복사꽃나무 한 그루 지나치고 두리번거리
면서 노래하고, 또 한 그루 지나치고 앉아서 노래
하고 그러는 통에, 우리 집에 오시니까 해가 저물

어버렸어요. 자기 생에 가장 아름다운 곳이었다고 하면서 저한테 고마워하던 그 눈길을 잊을 수가 없어요."

그의 집은 대문도 없었다. 다만 대문이 걸렸던 자리에 인근에서 가장 나이가 들어 보이는 복사꽃 한 그루가 파수를 보고 있었다. 나무에서 재잘거리는 참새들도 꽃처럼 보였다. 낯선 인기척을 감지한 옆집 개가 짖어대기 시작했다. 그는 10년 전에 어머니가 돌아가신 후로 이 집에서는 더 이상 인간의 숨소리가 들리지 않게 되었다고 하면서, 그냥 빈집으로 남겨놓다 보니 올 때마다 여기저기 금이 가고 무너지는 징후가 보여서 그걸 보수하는 것도 만만치 않다고 하였다. 그런 각별한 정성 때문인지 마루에 쌓여 있는 먼지를 닦아내자 전혀 빈집으로 보이지 않았다.

"선배님, 오늘 밤은 여기서 주무시고 가세요."

나는 당장 대답을 하지 않고 고개를 돌렸다. 시골집에 오면 늘 주위를 꼼꼼하게 돌아다보는 것이 내 오래된 버릇이었다. 우선 집 마당과 뒤란 장독대를 둘러보고, 예전에 축사로 쓰였던 헛간도 둘러보고 울타리 노릇을 하고 있는 나무들한테도 인사를 하였다. 소나 돼지가 있었으면 더 좋았을 것이다. 그런 아쉬움을 나무들이 달래주었다. 백 살이 넘도록 온갖 비바람을 맞으면서 견뎌낸 어른 들임을 알 수 있었다. 이런 땅에서 더 이상 인간의 생명이 이어지지 않는다는 안타까움에 한숨을 내뱉다가 "누구요?" 하는 소리에 깜짝 놀랐다. 옆집에서 날아온 소리였다. 목소리만 듣고는 나이를 예측할 수 없었다.

"송구네 집에 온 손님이요?"

송구는 그 후배 이름이었다. 나는 장독대 위에 눈부시게 펼쳐

져 있는 복사꽃을 보았고, 그 뒤쪽에 있는 사람하고 마주쳤다. 그
녀는 장미꽃이 새겨진 긴 차양 모자를 쓰고 있었다. 감색 개량한
복 차림이었고 손에는 하얀 장갑을 끼고 있었다. 어딜 보아도 농
부로 보이지는 않았고, 가까이 가서 얼굴을 보기 전까지는 칠십이
넘은 할머니로 보이지 않았다. 송구가 와서야 정식으로 인사를 한
다음에야 그녀가 70대 중반임을 알았다.

"할머니, 너무 멋쟁이세요."

내 말에 할머니는 환하게 웃으면서 손을 흔들어주었다.

"자네들은 젊으니까 더 멋지게 살게. 남의 눈 의식하지 말
고 멋대로 살아. 난 나름대로 그렇게 산다고 했지만 그래도 남 눈
치를 많이 봤다네. 칠십 넘도록 살다보니 이제는 그럴 필요가 전
혀 없다는 생각이 들어. 특히 예쁘고 좋은 옷을 장롱 속에다 모셔
만 놓고 산 것이 제일 아쉽다네. 왜 우린 나들이 갈 때만 좋은 옷
을 입나? 꼭 누군가에게 보이기 위해서 사는 것도 아닌데…… 그
래서 난 혼자 일할 때도 최대한 예쁘게, 단정하게, 고운 옷 차려입
는다네. 그럼 훨씬 기분이 좋아져. 햇살도 더 맑아 보이고, 꽃도 더
고와 보이고 그런다네. 안 그래도 오늘은 복사꽃밥이나 해먹으려
고 했는데, 바쁘지 않으면 저녁 먹고 가게."

후배는 근처에 있는 식당에 가서 먹고 올 생각이었는데 잘됐
다고 소리쳤다. 할머니가 장독대에다 말리던 복사꽃을 들고 부엌
으로 사라졌다. 그 집에도 할머니 혼자뿐이었다. 할머니도 이렇게
좋은 집에서 머지 않아 사람의 노랫소리가 끊어진다는 생각만 하
면 꽃잎이 떨어지듯이 가슴이 아프다고 했다.

"복사꽃밥을 한번 먹고 싶었는데…… 말은 많이 들었거든요.

옛사람들이 해먹었던 해당화색반, 매화색반, 복사꽃색반 중에서 이걸 최고로 치는 어른들을 많이 봤거든요. 향이 그렇게 좋다고 하시더라고요."

할머니는 "그런가?" 하고 쌀을 씻다가 나를 힐끗 보고는 다 나름이라고 덧붙였다. 매화꽃, 해당화, 복사꽃이 꽃밥을 해먹는 대표적인 꽃인데, 그중 향이 가장 강한 것은 매화꽃밥이라고 했다. 가장 눈에 예쁘게 보이는 것은 해당화색반이지만 향기가 약하다. 복사꽃밥은 향기도 은은하면서 보기도 좋으니 가장 무난하다고 하였다. 해당화나 매화는 성격이 까탈스러워서 아무 데서나 살지 못하지만 복사꽃은 아무 곳에서나 살아간다. 그래서 누구나 마음만 먹으면 따다가 밥을 해먹을 수 있다. 생잎을 따다가 밥에 넣어도 되지만 살짝 말려서 쓰는 게 더 좋다. 복사꽃은 산에서 저절로 자라는 개복숭아꽃을 써야 한다. 그래야 향기롭다.

"나는 시집와서 살면서도 남편하고 싸우거나 힘들 때마다 이런 음식을 해먹었다네. 남편은 이런 걸 좋아하지 않아서 그냥 맨밥 차려드리고, 나만 꽃밥 먹었제. 그러고 나면 마음이 풀렸어. 찔레꽃밥, 칡꽃밥, 아까시꽃밥, 고춧잎밥 등 많이 해먹었어. 근데 남편이 오십이 넘어가니까 나보다 더 이런 걸 좋아했다네. 복사꽃밥은 내가 가장 좋아하는 음식이네. 주위에 흔하니 구하기도 쉽고, 특별히 품이 더 많이 들지도 않으니까. 맨밥보다는 이걸 넣어 먹으면 보기도 좋고, 향도 좋고 얼마나 좋은가? 이걸 말려두면 겨울에도 해먹을 수 있어. 미리서 물에 담가두면 꽃물이 우러나제. 그것을 씻은 쌀에다 넣고 같이 밥을 하면 된다네. 나는 우리 아이들 생일 때도 다 이런 꽃밥을 해서 주었네."

엄마의 꽃밥

할머니는 직접 장작불을 때서 밥을 지었다. 자식들이 준 압력밥솥이며 전기밥솥은 편리하지만 밥맛이 없다고 하면서 운동 삼아 재미 삼아 이렇게 밥을 한다고 하였다. 꽃밥을 짓는 것은 특별한 방법이 없다고 하였다. 하는 사람 마음이라고 하였다. 처음부터 꽃을 쌀이랑 같이 넣고 해도 되고, 뜸 들일 때 넣고 해도 상관없다. 겨울보다는 봄에 해먹는 것이 가장 좋으며, 그걸 싸들고 산이나 들에 나가서 먹으면 더 맛이 좋고 환상적이다. 먹는 것은 입으로 먹지만 주위에 눈맛 좋은 볼거리가 많고, 기분 좋게 하는 바람 소리 산새 소리가 들려서 분위기가 좋아지면 음식이 더 맛있어지는 것은 당연한 이치가 아니겠냐고 묻기도 했다. 이렇게라도 살아야지 안 그러면 정말 재미없고 힘들다고 하였다.

"남편 죽고 자식들 다 떠나가고 나자 여기저기 몸이 아프고 못 살겠대. 그래서 자식들 따라 서울로도 가봤는데 답답함을 견디지 못하고 내려왔어. 그러자 우울증까지 생겨서 힘들었네. 그때 꿈에 남편이 나타나서 내가 하고 싶은 거 다 하고 살라고 그랬어. 그때 운전도 배웠고, 차도 샀다네. 내가 어디 가고 싶으면 맘대로 가고, 외국도 가고, 입고 싶은 것 다 입고, 먹고…… 나 혼자 밥을 먹더라도 정성껏 음식을 차리고, 허허허 그렇게 산다네."

"할머니, 진짜 멋지세요. 제가 많이 배워갑니다!"

나는 그 할머니가 차려준 복사꽃밥을 천천히 먹었다. 일부러 간장을 치지 않고 그 본래의 향을 느끼려고 하였다. 할머니는 복사꽃을 송이채 넣으면 향이 더 짙어지지만 대신 쓴맛이 난다고 하였다. 그래서 꽃잎만 넣기도 하고 송이째 넣기도 하는데 그것은 각자 취향이지만, 꽃밥을 먹을 때는 그리웠던 많은 얼굴들을 떠올

리면서 최대한 느리게 먹어야 제맛이 난다고 하였다. 내 몸에 담아두기에 아까울 정도로 예쁜 밥이었다. 보기만 해도 기분이 좋아지는 강한 생명력이 느껴졌다.

"할머니, 갑자기 그 생각이 나네요. 할머니가 젊었을 때 워낙 옷차림이 특이했잖아요. 전혀 농촌 사람 같지 않았지요. 그걸 보고 동네 어른들이 다 '저 인간은 얼마 못 버티고 도시로 나갈 것이다. 두고 봐라. 옷차림이 꼭 바람난 미친년 같구나!' 하고 흉봤던 거 아시죠? 근데 이렇게 저 나무들처럼 남아 계시네요. 그래서 더욱 놀랍고 존경스러워요."

할머니는 후배한테 복사꽃밥을 더 퍼주고는 다른 데 많이 가 봤지만 여기만큼 좋은 곳이 없더라고 웃어주었다.

"세상에 이런 곳이 어디 있겠어? 이런 무릉도원이…… 허허허……"

나도 할머니의 말이 맞다고 생각했다.

──────────── 복사꽃밥은 해당화, 매화와 함께 우리 초상들이 해먹었던 대표적인 색반이다. 지역에 따라 혹은 사람에 따라서 꽃밥을 해먹는 것도 다 달랐다. 그래서 특별하게 정해진 꽃밥은 없지만 나무에서 자라는 꽃으로 지은 밥은 그 세 가지를 가장 많이 했다. 복사꽃밥은 흔히 '복사반'이라고 하여 많이 먹으면 오래 살고 복을 많이 받는다고 하였다. 복숭아는 예로부터 신선들의 음식이었고 장수를 상징한다.

야생 복숭아나무는 대부분 숲 골짜기에서 자라기 때문에 맑은 계곡물을 수놓으면서 꽃잎이 떠내려온다. 예로부터 우리 선조들은 복사꽃을 그냥 따지 않고 떠내려온 꽃잎을 건져내 맑은 계곡물을 떠다가 쌀을 씻어 밥을 안쳤다. 요즘은 오염되지 않은 계곡이 많지 않아 계곡 물로 밥을 할 수는 없지만 가급적이면 물 위에 떠 있는 것을 건져 사용하는 게 좋고, 불가능하면 흔히 볼 수 있는 개복숭아나무에서 꽃을 따서 쓰길 바란다.

엄마의 꽃밥

복사꽃밥

밥에다 넣는 꽃은 말린 꽃을 우선으로 한다. 말린 꽃
은 물에 향이 우러나는 대신 색이 연하고, 생화는 색
이 고운 대신 향이 약하다. 밥을 지을 때는 먼저 말
린 꽃과 말린 꽃을 우린 물을 넣고 밥을 하다가 뜸을
들일 때 생화를 조금 넣는다. 그래야 향과 색깔을 고
루 느낄 수 있는 복사꽃밥을 만들 수 있다.

칡꽃밥

"사위한테 칡꽃밥
먹인 게 실수였네.
술을 못 한다고
들었는데, 제법 먹대."

초등학교 친구인 최한테서 전화가 왔다.

"오늘 밤에 특별한 일이 없으면 같이 저녁이나 먹세."

"무슨 일이 있는가?"

"사실은 우리 딸이 왔네. 그래그래, 프랑스로 유학 가서 사는 큰딸! 지난달에 결혼했다네. 아이 이 사람아, 프랑스에서 했다니까! 그래서 알리지 못했지. 원래는 조촐하게 여기서 식을 한번 올리려고 했는데, 그것들이 너무 바빠서 다음에 하기로 했네."

그러면서 친구는 나한테 특별한 부탁이 있다고 하였다.

"우리 사위가 한국 문화에 대해서 관심이 많

다네. 그래서 자네한테 자문 좀 구할 겸 겸사겸사 보자고 하는 것이네. 우리 사위는 프랑스에서 문학을 전공했으니 자네랑 만나면 좋을 것 같아서. 우리 사위는 한국어를 잘한다네."

나도 친구의 사위가 보고 싶었다. 중학교를 졸업하고 일찍 공장에 취업을 했던 최는 결혼도 빨리해서 딸자식들이 20대 후반이었다.

새신랑은 농구 선수를 연상시킬 정도로 키가 컸지만 큰 눈을 껌벅이면서 웃는 상이 귀염성이 있었다. 게다가 한국어 발음이 워낙 정확해서 목소리만으로는 외국인임을 구별할 수 없었다.

신랑은 내가 작가라는 말에, 한때 자신의 꿈이 작가였다고 하면서 호기심을 보였다. 그는 한국 문학에 대해서도 제법 많은 정보를 알고 있었고, 일본 문학이나 중국 문학에 대해서는 나보다 몇 수 위였다. 그는 한국어를 본격적으로 공부하고 싶다고 하였다. 그래서 대학원에 가려고 하는데, 어느 대학이 좋은지 물어왔다. 나는 그에 대한 정보가 없으므로 현재 대학에 있는 친구들에게 자문을 구해서 며칠 뒤에 알려주겠다고 하였다.

"자, 식사하면서 이야기하세. 자네랑 우리 사위가 잘 통하는 걸 보니 흐뭇하구먼. 오늘은 내가 특별한 음식을 준비했네. 집사람이랑 뭘 할까 하다가, 우리 사위가 나물들 좋아하니까 나물 반찬 많이 하고, 밥도 꽃밥으로 준비했다네. 마침 내가 칡꽃을 잔뜩 따다가 효소를 담고 남아서 말려놓았거든. 가끔씩 칡꽃밥을 해먹는데 그 향이 너무 좋았네. 자, 먹세."

연분홍색 칡꽃이 수놓아진 밥을 본 사위는 밥이 예뻐서 보기만 해도 마음이 들뜨고 식욕이 당긴다고 하였다.

"전 어려서부터 세계 여행을 많이 해서 색다른 음식을 많이 보았는데요, 이 꽃밥이 최고가 아닌가 하는 생각이 듭니다. 한국은 나물 문화가 발달해서 나물이 많다는 것은 알고 있었지만 이렇게 주식인 밥에다 꽃을 섞어서 먹을 줄은 몰랐습니다. 너무너무 향기롭고 구수합니다. 먹기가 아까워요. 그냥 향기만 맡아도 배가 불러요. 장인 장모님 감사합니다. 정말 이런 음식이 나오리라고는 전혀 상상 못 했습니다."

나도 환상적이라고 말했다. 말로만 들었지 실제로 먹어보기는 오늘이 처음이었다. 무엇보다도 실제 야생에 피어 있는 칡꽃의 향기가 고스란히 느껴졌다. 밥솥에서 엄청난 열에 시달렸는데도 꽃의 색깔도 거의 누그러지지 않았다. 나는 찹쌀로 밥을 했냐고 물었다. 친구 최가 아니라고 대답했다. 그렇다면 더욱 놀랄 일이다. 눈앞에 보이는 밥은 윤기가 자르르 흘렀고, 입안에 넣자마자 부드럽게 녹아내릴 정도로 차졌다.

"칡꽃이 들어가서 이렇게 밥이 차지나보네. 보통 나물밥을 하면 이렇게 밥이 차지더라고. 나물에서 밥을 차지게 하는 성분이 나오는 모양일세. 우리 조상들이 나물밥을 많이 해먹은 것은 단순히 주위에 나물이 많기 때문만은 아닐 걸세. 과학적으로 증명하기는 어렵지만 나물을 넣어서 밥을 하면 밥이 더 차지고 더 구수해져서 맛이 좋아졌던 것이지."

"정말 신비롭습니다. 단순히 꽃하고 쌀이 만나서 이렇게 맛있는 밥이 되다니요. 오늘 갑자기 한국의 음식 문화에 대해서 공부하고 싶다는 생각이 드네요. 나물도 맛있어요. 이거 무슨 나물입니까? 비름나물이라고요? 이건? 뽕나무나물, 취나물, 미나리나

칡꽃밥은 살짝 붉은색이 돌아서 재액을 막아주는 음식으로 알려졌다. 일부 지역에서는 무당들이 굿을 할 때 신령님께 바치는 상에다 이런 꽃밥을 올리기도 했다. 팥이 귀하던 시절에는 이렇게 붉은 꽃밥을 지어 아이들 생일상을 차려주었다. 생일날 팥밥을 해서 주는 것도 재액을 막고 건강하게 자라라는 뜻이 담겨 있다. 붉은색 꽃밥들에는 그런 의미가 담겨 있다. 그런 것을 보면 단순히 예쁘게 보이기 위해 꽃으로 밥을 지은 것만은 아닌 것 같다. 꽃밥에는 음식 하나하나에 의미를 부여해서 자연에 감사할 줄 알고 복을 기원하는 지혜가 깃들어 있다.

물, 무나물에 머윗국요. 아, 구수하다. 이것도 머위라는 풀을 넣고 끓인 것이네요."

그는 대체 칡이라는 풀이 어떻게 생겼냐고 물었다. 옆에 있던 친구의 딸이 휴대폰으로 검색을 하여 보여주었다. 그는 등꽃하고 비슷하다고 말했다. 친구가 재빠르게 이어받았다. 칡꽃은 등꽃의 사촌이라고 하였다. 그가 고개를 끄덕였다. 등꽃은 꽃송이 전체가 한순간에 활짝 핀다. 하지만 칡꽃은 꽃송이 밑에서부터 천천히 피었다가 진다. 등꽃은 초여름에 피지만 칡꽃은 한여름에 피기 시작하여 초가을까지 계속 핀다. 옛사람들은 아무리 예쁜 새색시라도 칡꽃 앞에서는 얼굴 자랑하지 않는다고 했다. 그만큼 칡꽃은 예쁘다는 뜻이다. 칡은 다른 나무들이 벌벌벌 떨 정도로 번식력이 강하고 타오르는 힘이 세다. 그래서 등이나 칡한테 잘못 걸린 나무는 몸부림을 치다가 죽어간다.

하지만 사람들에게는 고마운 풀이다. 요즘은 썩지 않는 노끈들이 전국을 점령한 지 오래지만 예전에는 새끼줄이나 칡덩굴이 쓰였다. 새끼줄은 일부러 손품 팔아서 꼬아야 하므로 꼭 쓰여야 할 곳에만 썼고, 칡덩굴은 산에만 가면 쉽게 구할 수 있으므로 일회용으로 쓸 때는 부담 없이 쓰였다. 끈으로 이용하는 칡덩굴은 두해살이가 가장 적당하다. 보통 가을이나 겨울에 덩굴을 걷어다가 물에 담가놓고 쓴다.

"우리 편장 용을 타고 / 건너편은 개를 탔네 / 상사뒤여 허여 / 철성산 칡넝쿨과 무쇠 닻줄 덩궜으니 / 상사뒤여 허여 / 부우엇들 썩은 짚줄 / 우리 줄을 해볼 건가 / 상사뒤어 허여 / 덤벼보라 덤벼보라 / 우리 편장당할 건가."

이 노래는 남도에서 구전되는 줄다리기할 때 부르는 노래인데, 칡넝쿨과 무쇠 닻줄을 서로 꼬아 만들었으니 그렇지 않아도 질긴 칡넝쿨이 얼마나 질긴 밧줄이 되었을 것인가. 반대로 상대편을 조롱하는 말을 들어보라. 부웃섯들 썩은 짚으로 만들 밧줄이다. 그러니 상대가 될 리가 없다. 사실 칡넝쿨로 제대로 만든 밧줄은 무척 질기다.

조금 더 신경을 써서 만든 끈을 '청올치'라고 한다. 청올치란 그 만드는 방법이 지역에 따라 약간씩 다른데, 우선 산에서 걷어온 칡덩굴을 솥에 넣고 삶는다. 삶은 칡덩굴을 끄집어내서 껍질을 벗기고 다시 보리쌀을 씻은 쌀뜨물에 이삼일 푹 담가놓는다. 그러면 껍질이 누렇게 변색된다. 그것을 다시 벗겨내면 하얀 섬유가 나온다. 그것이 청올치다. 그 청올치를 엮어 노끈으로 쓰는 것이다. 이 밖에도 칡으로 방석을 짜고 종이도 만들었는데, 칡으로 만든 종이를 갈포벽지라고 한다.

"칡은 뿌리가 덩굴보다 수십 배 혹은 수백 배나 굵다네. 그것을 '갈'이라고 해서 약으로 썼다네. 지금 시중에 팔리는 약 중에서도 갈을 써서 만든 것이 많다네. 주로 감기약이지. 갈은 감기에 좋고, 피로 회복, 소화에 좋다네. 그러니까 뿌리부터 줄기, 이파리, 꽃까지 버릴 게 하나도 없었다네. 이파리도 따다가 장아찌를 해먹었고, 꽃은 밥이나 술을 담기도 했지."

"종이도 만들고 끈도 되고 약도 되고 음식도 된다니, 정말 대단한 풀이네요. 내일 당장 보여주세요. 산에 가면 볼 수 있지요? 한국은 정말 대단해요. 칡이라는 풀이 몸에 좋다는 것을 어떻게 다 알았을까요? 그 수많은 풀로 음식을 해먹을 생각을 어떻게 했을까요?"

새신랑은 술이 들어가니까 얼굴이 하얘지면서 마치 가면을 쓴 것 같았지만 점점 더 말이 많아졌다. 수다쟁이가 되어갔다. 말하는 품이 귀엽기는 했으나 너무 질문이 많아지자 다른 사람들이 힘겨워하는 눈빛이었다.

"자, 꽃밥은 간장하고 잘 어울린다네. 많이 넣지 말고 적당히 넣고 비벼서 먹어보게."

나는 잠깐 그의 관심을 돌리기 위해서 꽃밥에다 간장을 넣고 비볐다. 그는 어린애처럼 재빠르게 따라서 하더니 "우와, 간장하고 이 꽃밥이 잘 어울리네요. 저하고 아내가 궁합이 잘 맞듯이, 간장하고 이 꽃밥도 궁합이 잘 맞아요!" 하고 소리쳐서 우리를 깜짝 놀라게 하였다. 그러고는 한국 사람은 은은한 간장 같다고 덧붙이더니 열 가지 스무 가지로 불어난 질문을 해대기 시작했다. 나는 친구 최를 보면서 살래살래 고개를 흔들어버렸다. 친구는 어서 술을 마셔 재워야겠다고 무언의 말을 하면서 연달아 사위랑 술잔을 부딪히더니 어느 순간 아무런 말없이 그 자리에서 졸기 시작했다. 그러자 그가 장인을 번쩍 안아서 안방으로 들어갔다. 나는 그 틈을 놀려 다른 식구들에게 눈인사를 하면서 그 집을 빠져나왔다.

그다음 날 친구 최한테서 잘 들어갔냐고 전화가 왔다.

"그나저나 자네 어제 술 많이 마신 것 같지 않던데 일찍 취하대?"

내가 그렇게 핀잔을 주었더니 친구가 껄껄껄 웃었다.

"사위한테 칡꽃밥 먹인 게 실수였네. 별로 술을 못 한다고 들었는데 칡꽃밥 때문인지 제법 먹대. 그래서 일부러 봐준 거네. 내가 계속 마시면 사위가 탈이 날 것 같아서 일부러 취한 척한 걸세.
자네도 보내야 하고. 어제는 탐색전이고, 다음에 우리 사위랑 만
날 때는 주사만큼은 확실하게 잡혀 있을 걸세. 내가 장담하네."

엄마의 꽃밥

칡꽃은 독이 없고 향기로워서 예로부터
음식에 두루 활용하는 식재료였다. 농사일에 지치거나 술을 많이 먹
고 나면 칡꽃을 따다가 비빔밥을 해먹기도 하였고 술을 담가 먹기도
하였다. 여름에 더위에 지쳐 입맛을 잃을 때쯤이면 칡꽃을 따다가
밥을 하여 양념간장을 넣어 비벼 먹었다. 칡은 꽃부터 잎, 뿌리까지
오랜 세월 우리 밥상을 지켜온 고마운 식물이다.

칡뿌리

'갈근'이라고 부르는 칡뿌리는 참칡과
갈래칡(혹은 나무칡), 두 종류가 있다.
참칡은 씹을수록 달고 밥알갱이 같
은 것이 나오기 때문에 '밥칡'이라고
도 부른다. 갈래칡은 질겨서 먹을 수
가 없다. 우리가 음식에 쓰는 칡은 모
두 참칡이라고 보면 된다.

칡순밥

칡순밥에는 아주 어린순을 넣어야 한
다. 칡꽃에서는 강한 향이 나지만 순
에서는 자극적이지 않으면서 깊은 풀
내가 난다. 칡의 꽃과 순을 입맛에 따
라 밥에 넣어 먹으면 다양한 칡의 향
기를 느낄 수 있다.

칡순장아찌

어린 칡순은 아주 굵게 솟아오른다. 봄
에 돋아나는 칡순은 손으로 쉽게 꺾을
수 있을 정도로 부드럽다. 꺾이지 않는
것은 먹을 수 없는 것이라고 보면 된
다. 칡순은 된장에 박아두었다가 여름
내내 밑반찬으로 먹는다.

칡잎떡

칡잎에는 팥이나 콩을 쉬 상하지 않게
하는 성분이 들어 있다. 적당히 쌀가
루를 반죽하여 떡을 빚어 칡잎에 싸서
찐다. 떡은 칡내가 배어 더욱 맛이 있
고 오래 두어도 상하지 않는다.

칡순무침

어린 칡순을 따다가 살짝 데쳐서 무친
나물이다. 미세한 잔털이 줄기에 많아
서 오래 씹어야 하므로 소화가 잘되는
음식으로 알려졌다. 또한 맛을 아는
사람들만 먹는 귀한 나물이라고 하여
손님상에 자주 올랐다.

엄마의 꽃밥

칡꽃밥

칡꽃에는 아주 작은 벌레가 들어가 있을 수 있으니 흐르는 물에 여러 번 깨끗이 씻어야 한다. 칡꽃으로 밥을 지을 땐 숨이 많이 죽기 때문에 많다 싶을 정도로 넉넉하게 넣어야 밥이 완성되고 나서도 보기 좋다.

칡꽃밥

쇠비름묵나물국밥

"사람들이 미워하면
할수록 쇠비름은
악착같이 살아난다."

발긋발긋 대추 볼이 맛들어가던 어느 가을날이었다. 한 동네 사는 최씨가 우리를 초대하였다. 우리 집 뒤쪽 산자락에는 비석 하나 없이 소박해 보이는 무덤 하나가 있는데, 그녀의 시아버지 산소였다. "거기까지 가려면 온갖 잡풀들이 굿하는 통에 거리는 가까워도 만 리 길인데, 이 선생님이 풀길을 내주어 수월하게 가서 벌초할 수 있었어요!" 연극배우이기도 한 그녀는 특유의 넉살까지 섞어서 그렇게 고마움을 표시한 다음, 언제 한번 저녁이나 같이하자고 하더니 추석이 지나자마자 불시에 전화를 해왔다.

그녀는 아내가 노년에 가장 닮고 싶어 하는 사람이었다. 정확한 나이를 알 수 없는 그녀는 생을 자유롭게 즐기는 진정한 멋쟁이였다. 그녀는 옷차림뿐만 아니라 사람을 대하는 눈빛이며 말투, 걸음걸이에서도 그 특유의 따뜻함과 개성이 묻어났다. 집 안으로 들어가자 같이 사는 딸이 인사를 하였다. 그녀는 30대 초반인 딸이 음식에 대해서 관심이 많다고 하면서, 특히 야생초로 만들어 먹는 우리 전통 음식에 관심이 많으니 나한테 많이 도와달라고 하였다. 오늘 쇠비름으로 요리를 하면서도 딸이 가장 즐거워했다고 하였다.

"지난 여름 내내 우리 밭이 난리였어요. 쇠비름 때문이죠. 그놈의 풀에 미네랄이 많고 암에 좋다고 여기저기 방송에서 떠들어대는 통에, 등산객들이 차를 우리 밭 옆에다 세워놓고는 그 풀을 쌍끌이해가고…… 가지, 오이, 토마토도 다…… 그뿐이 아니지요. 들고 와서 먹은 온갖 쓰레기는 다 버리고 가지, 심지어 밭고랑에다 똥까지 싸놓고…… 뭐라 하면, 그이들이 요즘 시골 인심이 서울보다 흉악해졌다고 오히려 달려들더라고요……."

나는 쇠비름이라는 말을 듣는 순간부터 어머니를 떠올리고 있었다. 어머니는 쇠비름만 보면 "어이고, 징글징글한 것. 내가 저놈의 호미풀이랑 평생을 씨름하다가 늙어버렸다!" 하고 고개를 절레절레 흔들어버린다. 어머니는 쇠비름을 '호미풀' 혹은 '밭고랑풀'이라고 하였다. 쇠비름은 이상하게도 밭고랑을 좋아한다. 그놈은 위로 화려하게 솟아오르는 것을 포기하고 악착같이 땅으로 낮게 기어다니니, 영락없이 미련한 아낙네들의 삶을 쏙 닮았다. 쇠비름은 바랭이나 개망초 따위의 키 큰 풀과 섞이면 삶이 팍팍해지고 힘겨울 수밖에 없다. 그래서 쇠비름은 밭고랑으로 게릴라처럼 숨어드는 것이다. "우린 그럴 수밖에 없다우. 농부들한테는 미안하고, 아무리 농부들이 미워해도 어쩔 수 없다우. 우리도 살아야 하지 않소?" 쇠비름은 그렇게 하소연하면서 살아간다. 아낙네들이 "으이구우, 이 지겨운 풀! 제발 좀 나지 말아라!" 하고 마구 호미로 줄기를 내리쳐도 다시 살아난다. 아낙네들은 일부러 쇠비름뿌리가 하늘을 향하도록 뒤집어놓는다. 그래도 생을 포기하지 않는다. 뿌리 뽑힌 채 강렬한 햇살 고문을 받아도, 선인장처럼 통통한 줄기에다 저장해놓은 수분으로 숨이 끊어지는 날까지 희망을 놓지 않고 버티다가, 작은 이슬 동냥만으로도 버티고 버티면서 기적처럼 뿌리를 내린다. 사람들이 미워하면 할수록, 쇠비름은 악착같이 살아난다. 쇠비름은 살아남기 위해서 잠시도 한눈을 팔지 않는다. 다른 식물들처럼 사치스러운 생활도 하지 않는다. 꽃을 예쁘게 치장하고 오래오래 피우는 것도 쇠비름에게는 사치다. 점심을 전후로 노랗게 피어나는 꽃은 길어봤자 한두 시간 머물다 스러진다.

아이들은 그런 쇠비름뿌리를 뽑아서 거꾸로 추켜든 다음 '신랑 방에 불 켜라, 새신랑 들어온다. 각시 방에 불 켜라, 새각시 들어온다' 하는 노래를 부르며 손으로 뿌리를 훑어낸다. 그러면 신기하게도 하얀 뿌리가 붉어진다. 쇠비름의 생태를 잘 아는 사람들은 오색초라고 부르기도 하는데, 줄기가 붉고 이파리가 푸르며 뿌리는 하얗고 꽃이 노란색이며 씨앗은 검기 때문이다.

"어쨌든 그래서 쇠비름을 다 뽑아버리겠다고 달려들었다가 옛날 생각이 나서 하나둘 씻어서 묵나물을 만들어놓았거든요. 그걸로 오늘 국밥을 하게 된 거예요. 옛날에 경상북도로 피난 갔을 때 해먹었던 음식이지요. 당시 서울 사람들은 쇠비름을 먹지 않았

엄마의 꽃밥

어요. 그건 돼지한테나 뽑아다 주는 잡풀이었지요. 근데 피난 가니까 거기 사람들은 쇠비름을 뽑아다 데쳐서 나물로도 해먹더라고요. 그걸 우리한테도 먹어보라고 가져다주는데 아무리 먹으려고 해도 못 먹겠더라고요. 장마철에 방바닥이 끈적거리는 것처럼, 그 끈적거림이 혓바닥에 달라붙어서……."

"저도 그 느낌 알아요. 대학 2학년 때 친구 따라서 경북 예천 어느 산골짜기에 갔지요. 거기 가니까 쇠비름을 데쳐서 나물로 해먹고 비벼 먹더라고요. 아, 근데 저는 도저히 못 먹겠더라고요. 미끈거리고 끈적거리는 그 느낌이 감당이 안 되는데, 친구는 그런 느낌으로, 그런 맛으로 먹는다고 하더라고요. 우리 고향에서도 쇠비름은 돼지가 먹는 풀이거든요."

"그런데 묵나물은 다르더라고요. 그곳 사람들은 쇠비름 이파리를 훑어내고 말려서 묵나물을 만들거든요. 그래서 묵나물로 죽도 쒀먹고, 된장국은 물론이며 여러 가지 반찬도 해먹고, 이렇게 국밥도 해먹더라고요. 쇠비름을 삶아서 말리면 지렁이처럼 통통한 것이 철사줄처럼 마르거든요. 그걸 물에 불렸다가 삶아서 무쳐 먹으면 꼬들꼬들하니 구수하고 씹히는 맛도 좋아요. 하나도 쓰지 않고 씹을수록 단맛이 나요. 아버지도 쇠비름묵나물만큼은 좋아하셨어요. 그래서 우린 서울에 와서도 이웃들 손가락질을 받으면서 쇠비름을 뜯어다 묵나물을 만들어서 먹었어요. 시집오고는 한 번도 해먹어본 적이 없지만, 늘 입맛이 없을 때는 생각이 났어요. 어렸을 때 먹었던 기억은 영원히 뇌에 남아 있나봐요. 살아오면서 수많은 음식을 먹었지만 쇠비름묵나물만큼 강하게 남아 있는 것은 없어요. 그래서 경상북도 사람들은 그 미끈미

끈한 쇠비름 맛을 잊지 못하는 것이고, 전라도 사람들은 코에 톡 쏘는 홍어 삭힌 맛을 잊지 못하는 것이겠지요."

흔히 국밥에는 토란대묵나물, 숙주나물, 고사리묵나물이 들어가는 법이다. 오늘 식탁에 올라온 국밥에는 고사리 대신 쇠비름 묵나물이 들어갔다고 하였다. 정말 씹히는 맛이 꼬들꼬들하고 생김새도 고사리랑 비슷하다고 아내가 먼저 말했다. 내가 보기에도 영락없이 고사리처럼 생겼다. 예나 지금이나 고사리는 귀한 나물이다. 그에 비해서 쇠비름은 밭에만 나가면 흔해서 뜯기도 쉽고, 다듬기도 성가시지 않으니 삶아서 말려놓으면 끝이다. 음식을 해놓으면 연한 갈색으로 물드는 것도 볼만하고, 씹히는 질감도 고사리에 비해서 전혀 떨어지지 않을 뿐만 아니라 오히려 순하고 구수한 단맛이 더 풍부하다. 그래서 쇠비름 맛을 아는 사람들은 조상님들 제사상에도 고사리나물 대신 쇠비름묵나물을 올려놓았다.

"오, 그 말을 이해하겠네요. 아주 맛있습니다. 저는 고사리나물에서는 뭔가 비린듯한 냄새가 나서 그다지 좋아하지 않거든요. 근데 이건 불쾌한 냄새가 전혀 안 나네요. 데쳐서 먹을 때는 분명 미끈미끈하고 끈적거렸는데…… 그런 느낌도 전혀 없어요. 아주 담백하고 쫄깃해요. 이 정도라면 다른 지역 사람들도 다 좋아하겠는데요. 대중적인 음식으로도 손색이 없어요. 누가 이걸 보고 그 징글징글한 쇠비름풀이라고 하겠어요?"

내가 쇠비름 줄기 하나를 국그릇에서 건져 올리자, 최씨의 딸이 그건 놀라운 대변신이라고 말했다. 그녀는 국밥을 하기 전에 일부러 밭에 가서 쇠비름을 뽑아다가 보기도 했는데, 그런 풀이 삶아져서 말리면 이렇게 변한다는 것이 믿어지지 않는다고 했다.

그러면서 그녀는 쇠비름묵나물 특유의 맛을 보려면 이런 국밥보다는 그냥 나물무침이나 된장국이 더 나을 것이라고 하였다. 그러자 아내가 국밥이 어려운 것이지 그냥 된장국은 하기 쉬우니까 이제 수시로 해먹으면 된다고 하였다.

그날 밤에 집으로 돌아오는데 어머니한테서 전화가 왔다. 나는 아무개 양반의 집에 초대받아 쇠비름국밥을 맛있게 먹고 왔다고 하였다. 그 말을 들은 어머니가 혀를 끌끌 차댔다.

"그래도 고사리가 더 맛있지, 그게 그렇게 맛있을까? 아무튼 지금은 여기서도 먹는단다. 몸에 좋다고 야단이니까, 뜯어다가 말려서 양파즙 할 때도 같이 넣고, 객지에 사는 자식들한테 부쳐주고 난리여. 옛날에는 거들떠보지도 않던 것들이, 사람들 몸에 좋다고 하니까 이제는 귀한 대접을 받는다니…… 끙!"

어머니는 농부들도 그런 대우를 받는 세상이 왔으면 좋겠다고 말끝을 흐렸다.

엄마의 꽃밥

─────────────── 쇠비름은 들풀 중에서 가장 악착같이 살아가는 풀이다. 사람들은 많은 자식들을 데리고 악착같이 살아가는 여인을 보면 '쇠비름쟁이'라고 부른다. 쇠비름은 다른 식물들처럼 사치스러운 생활도 하지 않는다. 꽃을 예쁘게 치장하고 오래오래 피는 것도 쇠비름에게는 사치다. 그래서 쇠비름은 길어봤자 한두 시간 노란 꽃을 피웠다가 금세 오므리고야 만다.

쇠비름은 '오행초'라고도 부르는데 다섯 가지 색깔을 가졌다는 뜻에서 지어진 이름이다. 쇠비름은 줄기는 붉고 꽃은 노랗고 뿌리는 희고 씨앗은 까맣고 잎은 푸르다. 나물을 좋아한 우리 민족은 이 풀을 '망명채'라고 부르기도 했다. 쇠비름나물을 오래 먹으면 장수하고 머리카락이 세지도 않는다는 뜻이다. 줄기가 지렁이 같다고 하여 '지렁이풀'이라고 부르는 지역도 있다. 실제로 쇠비름 줄기를 보면 커다란 지렁이처럼 줄기가 붉고 꿈틀꿈틀 기어가는 것처럼 생겼다.

쇠비름은 붉은 줄기에 동그랗고 길쭉한 잎이 도톰하게 돋아 있다. 쇠비름의 뿌리는 흰색을 띠고 있으나 문지르면 붉은색이 돈다.

쇠비름나물의 어린순은 데쳐서 나물로 해먹으면 약간 미끌거리면서 시큼한 맛이 난다. 길쭉하고 통통하니 열무와 비슷해 보여 비빔밥으로 만들었더니 아주 별미였다.

쇠비름으로 나물을 만들 때는 뿌리째 뽑아서 살짝 데친 다음 무쳐 먹는다. 쇠비름은 살짝만 데쳐도 끈끈한 액이 나온다. 그것이 몸에 좋은 미네랄 성분이라는 게 밝혀진 뒤로 사람들이 많이 찾는 나물이 되었으나, 예전에는 경상북도 같은 특정 지역 말고는 잘 먹지 않았다. 쇠비름의 끈끈함은 묵나물로 만들어 물에 불리면 사라지기 때문에 끈끈함을 싫어하는 사람도 거부감 없이 먹을 수 있다.

엄마의 꽃밥

볕에 바싹 발린 쇠비름묵나물을 물에 넣
고 두세 시간 불린다. 소고기는 삶은 뒤
찢어서 준비하고, 대파와 토란대, 숙주나
물과 불린 쇠비름묵나물은 끓는 물에 데
쳐 준비한다. 고기와 대파를 먼저 양념장
에 무친 뒤 남은 재료들을 넣고 조물조물
무친다. 이때 다진 마늘, 간장, 참기름 같
은 향이 강한 재료를 넣는다. 소고기를 삶
았던 육수에 버무린 재료를 모두 넣고 한
소끔 끓이면 쇠비름나물국밥이 완성된다.

쑥부쟁이나물밥

"어머니는
쑥부쟁이꽃을 넣은
베개를 베고 자면
머리가 맑아진다고
하셨지요."

점심때가 가까워올 즈음 아내가 갑자기 나를 불렀다. 뒤쪽 베란다 쪽으로 나가보니, 이녘의 어머니 무덤가에서 김씨가 나무를 베고 있었다. 거대한 나무가 쓰러졌다. 그 나무는 나이가 백 살은 넘어 보였고, 어찌나 품이 크던지 꽃봉오리를 다 부풀리면 그 자체가 하나의 완벽한 우주였다. 그 나무는 자신의 가지에다 세 쌍의 까치들이 와서 집을 지을 수 있도록 배려를 해주었으며, 구새 먹은 줄기 아래쪽 자신의 살 속에 깊숙이 뚫린 구멍 속에는 딱따구리랑 청설모들이 번갈아가면서 살림을 차리는 영구 임대주택를 마련해주었다. 그런 나무가 몇 초 만에 파국을 맞이하였다. 이 숲에서 살아가는 숱한 새들의 아름다운 신화가 사라지는

엄마의 꽃밥

순간이었다. 밖에 나가보니 대여섯 그루의 나물들이 쓰러져 있었다. 그렇다고 내가 뭐라 참견할 처지가 아닌지라 불편한 마음을 꼭 누른 채 산 아래쪽에 있는 고구마 밭으로 내려갔다. 마침 유씨네 식구들이 고구마를 캐고 있었다.

유씨가 나를 보고 커피 한잔하자고 손짓했다. 나는 잠깐 망설였다. 솔직히 그는 더 이상 마주치고 싶지 않은 상대였다. 이곳은 반딧불이의 요람 같은 곳이니까 제초제 사용을 자제해달라고 몇 번이나 부탁했는지 모른다. 그때마다 그는 불쾌한 표정을 노골적으로 드러내면서, 비록 주말농장이지만 이것도 농사이기 때문에 어쩔 수 없다고 눈꼬리를 틀었다. 심지어 이웃들이 밭에서 멀지 않은 지하수 탱크를 가리키면서 제초제 사용을 자제해달라는 부탁도 모른 척하였다. 그래서 마을 사람들은 유씨만 보면 고개를 흔들어버렸다.

유씨네 밭 위쪽 산비탈에는 비석 하나 없이 소박한 무덤 하나가 있었다. 봄부터 가을까지 온갖 산꽃들이 소풍 나오기 좋은 곳이었다. 특히 무덤 아래쪽에는 쑥부쟁이들이 많았다. 김씨는 어머니의 산소에 왔다가 파릇파릇 예쁜 얼굴을 내민 쑥부쟁이들이 제초제에 말라 죽은 것을 보고는 유 씨한테 당장 살려내라고 소리를 질렀다. 유씨는 뒷짐을 지고 김씨 앞으로 가더니, 이까짓 잡초 때문에 화가 나셨냐고 빈정거렸다.

"이건 잔디는 해치지 않고 이파리가 넓은 풀만 죽이는 약입니다. 이런 잡초를 놔두면 나중에는 산소까지 다 덮어버려요. 골치 아파요! 그 잡초 씨앗이 우리 밭까지 날아와서 제가 제초제를 뿌렸습니다. 그러니 오히려 저한테 고마워해야 할 것 같은데요.

안 그렇습니까?"

"뭐요? 그까짓 잡초! 당신 눈에는 이게 잡초로 보이지만, 내 눈에는 우리 어머니로 보인다구! 왜 알지도 못하면서 제초제를 뿌려!"

김씨가 더욱 화를 내자 유씨도 강하게 대응하였다.

"야, 왜 반말이냐? 그래, 그까짓 잡초 좀 죽였다고 그것이 죄야? 죄냐고, 이 자식아!"

결국 두 사람은 전면전에 돌입하려고 선전포고를 하였다. 마침 주위에 구경꾼들이 많아서 그 판이 커지지 않았을 뿐이다. 나도 그 싸움에 개입하여 김씨를 달래서 우리 집으로 끌고 왔다. 김씨는 쑥부쟁이를 어머니가 가장 좋아하는 풀이었다고 했다.

"어머니가 저를 낳고 많이 아프셨대요. 그때 저 쑥부쟁이뿌리를 캐다가 달여 먹기도 하고, 이파리를 뜯어다가 밥에 넣어 드셨대요. 쑥부쟁이는 봄에 싹이 돋아날 때 자주색을 띠어 자채^{紫菜}하는데 비슷하게 생긴 구절초나 쑥과 더불어서 산모들한테 좋은 약초랍니다. 몸을 따뜻하게 해주고 기운을 북돋아준대요. 어머니는 그렇게 쑥부쟁이를 드시고 기력을 회복했다고 하면서, 저 꽃만 보면 제 생각이 나는 고마운 풀이라고 하셨지요. 여기 산소 앞에 있는 쑥부쟁이들은 제가 산에서 파다가 심은 것입니다. 어머니가 생각날 때마다 여기 와서 쑥부쟁이를 뜯어다가 나물도 해먹고 밥도 해먹고 그러거든요. 이번에 새집으로 이사를 해서 집들이 때 쑥부쟁이를 뜯어다가 나물밥을 하려고 했는데, 이게 무슨 날벼락입니까? 제초제라니요? 저런 무식한 놈이 있으니……."

나는 김씨의 이야기가 너무나도 감동적이었고, 그래서 이웃

쑥부쟁이, 구절초, 감국을 다 들국화라고 부르지만 그중에서도 국화라고 하면 노란 감국을 말한다. 노란 감국은 우리 토종 들국화라고 할 수 있다. 쑥부쟁이는 연한 보라색이지만 국화는 노랗다. 향으로도 구별할 수 있는데 국화보다 쑥부쟁이가 향이 더 약하다. 국화는 서리를 맞아도 시들지 않지만 쑥부쟁이는 낙엽이 지기도 전에 다 시들어 있다. 그런 까닭에 옛 사람들이 국화를 군자라고 부른 것이다.

이 준 쑥부쟁이묵나물을 건네주고야 말았다. 그는 고맙다고 쑥부쟁이를 챙기면서, 이걸로 나물밥을 하여 집들이를 잘하겠다고 몇 번이나 인사를 하였다. 그런 김씨가 이렇게 내 뒤통수를 칠 줄은 꿈에도 몰랐다. 적어도 풀의 소중함을 아는 사람이라면 땅에서 살아가는 모든 생명체들을 소중하게 생각할 것이라고 판단했던 모양이다. 그래서 더욱 화가 났으며 은연중에 누군가에게 하소연을 하고 싶었는지도 모른다. 유씨는 이미 그런 내 마음을 알아채고는, 저렇게 큰 아름드리나무를 함부로 베어내서야 되겠냐고 성토하였다.

"자기네 문중 산이라고 해도 저런 나무를 베어낼 권리는 없어요. 기본이 안 된 사람이네요. 그늘 때문이라면 가지만 몇 개 잘라내면 될 것 아닙니까?"

유씨의 말을 들으면서도 그에 대한 나쁜 선입견이 워낙 강해서 그런지 그런 말조차 진심으로 들리지 않았다. 나는 더 이상 듣고 싶지 않아 일어서다가 무덤 아래쪽에 있는 아이들을 보고 깜짝 놀랐다. 유씨의 어린 조카들이 연보라색으로 절정을 이루고 있는 쑥부쟁이 꽃을 꺾고 있었다. 그제야 나는 김씨가 지난 초여름에 쑥부쟁이를 많이 심었다는 것을 기억하였다. 유씨는 다른 식구들에게 어서 아이들을 불러오라고 손짓하였다.

"저 인간 알면 날벼락이 떨어질 텐데…… 어서!"

그런데 김씨는 성큼성큼 걸어오더니 그중에서 가장 활짝 웃는 것들만 골라서 꺾더니 꽃목걸이를 만들어서 아이들에게 걸어주었다. 순간 유씨가 "이쪽으로 와서 막걸리 한잔하세요!"하고 소리쳤다. 그래놓고는 나를 보고 놀라는 눈치였다. 자기도 모르게 소리쳤다는 뜻이었다. 놀랍게도 김씨가 미적미적 걸어왔다.

"아이들하고 꽃은 참 잘 어울려요. 저도 어렸을 때 꽃을 좋아했어요. 특히 쑥부쟁이를 좋아했지요. 어머니는 꽃을 따다가 말려서 베개도 만들어주셨어요. 그래서 저는 저것을 베개꽃이라고 불렀어요. 쑥부쟁이꽃을 넣은 베개를 베고 자면 머리가 맑아진다고 하셨지요."

김씨는 혼잣말을 하듯이 낮게 말했다. 유씨는 눈을 크게 뜨고 김씨를 보았다.

"아, 쑥부쟁이꽃으로 베개도 만들었군요. 진짜 쑥부쟁이가 어머니로 보일 만하네요. 그때 그 일은 정식으로 사과드립니다."

"아닙니다. 그렇게까지 화낼 일은 아닌데……."

예상치 못하게 두 사람이 지나간 기억을 떠올리면서 화해를 하자 괜히 나만 어색해졌다.

나는 이 두 사람하고 더 이상 술잔을 주고받을 수가 없었다.

"자, 이것도 드셔보세요. 이건 제가 만든 쑥부쟁이김밥입니다. 쑥부쟁이를 삶아서 말린 다음, 그걸 다시 물에 불려서 삶아요. 삶아진 나물을 밥에다 넣고 나물밥을 해서 양념간장에다 비빈 다음 김밥에다 말아 온 것입니다. 이것도 어머니한테 배운 겁니다. 쑥부쟁이는 어린순으로 나물도 하지만 그냥 무치면 씁니다. 살짝 데쳐야 해요. 그렇게 데쳐서 나물밥을 하기도 하지만 이런 묵나물로 해야 구수한 맛이 뱁니다. 구수하면서도 약간 쌉싸름한 맛이 간장이랑 어우러지면 아주 맛있어요. 저는 나물밥 중에서는 이게 최굡니다. 어머니는 떡을 하면 꼭 쑥부쟁이 이파리를 뜯어다가 밑에다 깔고 떡을 올려놓았어요. 그러면 떡에 쑥부쟁이 향이 배어

엄마의 꽃밥

더 맛있어지고, 쑥부쟁이에서 맑은 향이 나와 떡을 쉬지 않게 해준다고 했어요."

"어, 그렇군요. 맛이 특별한데요."

김씨랑 유씨가 술을 주거니 받거니 하면서 김밥을 안주 삼더니 멍하니 있는 나를 보고는 둘이 동시에 "이 선생님도 드셔보세요!" 하고 말했다. 나는 엉겁결에 쑥부쟁이김밥을 입에 넣었다. 쑥부쟁이나물은 몇 번 먹어보았지만 이런 밥은 처음이었다. 정말 특별했다. 밥과 쑥부쟁이묵나물 외에는 아무것도 넣지 않았지만, 단무지를 비롯하여 오이, 달걀, 우엉, 시금치 같은 여러 가지 채소들을 썰어 넣은 일반적인 김밥하고는 차원이 다른 맛이었다. 구수하면서도 깊은 맛이었다. 쑥부쟁이묵나물이 부드럽게 씹혔다.

"아, 정말 맛있네요. 약간 쌉쌀한 맛이 남아 있어서 더 맛있어요. 김을 빼고 그냥 간장에다 비벼 먹어도 맛있을 것 같아요. 당장 한번 해먹어봐야겠어요!"

나도 모르게 그렇게 헤헤거리고야 말았다. 무덤 아래쪽에서 쑥부쟁이꽃이랑 아이들이 뒤섞여서 손을 흔들고 있었다. 그 순간만큼은 아이들이 쑥부쟁이꽃에 가까운 종족으로 보였다. 새삼 아이들 그 자체가 신이라는 생각이 들었다.

줄기에서 쑥향이 난다고 하여 이름 붙여진 쑥부쟁이는 여러해살이풀로 우리나라의 산기슭이나 들판, 논둑 밭둑에서 흔하게 볼 수 있는 풀이다. 다른 풀에 비해 비타민C가 풍부한 쑥부쟁이는 가을과 봄에 순이 돋지만 가을에 돋는 순은 쓴맛이 강하다. 이른 봄에 돋는 순은 자주색을 띠어 흔히 '자채'라고 부르는데 날씨가 따뜻해지면 연한 초록색으로 변한다. 위로 웃자라기 전에는 언제든지 뜯어다가 나물로 해먹을 수 있다. 줄기만 뜯어 먹는 게 아니라 뿌리째 캐서 나물로 해먹을 수 있다. 쑥부쟁이의 어린 순은 나물밥을 만들기 딱 좋은 크기다. 봄에 돋는 순을 뜯어다가 묵나물을 만들어두면 사계절 내내 맛있는 쑥부쟁이나물밥을 먹을 수 있다.

쑥부쟁이묵나물로 밥을 지을 때는 묵나물을 미리 물에 불려두었다가 써야 맛이 훨씬 좋다. 묵나물로 만든 쑥부쟁이는 물에 오래 담가두어도 줄기가 물러지지 않는다. 생잎을 사용해도 구수한 맛을 느낄 수 있어 좋지만 계절과 품종에 따라서 약간 쓴맛이 날 수 있다. 요즘 흔히 볼 수 있는 외국의 쑥부쟁이는 무척 쓰기 때문에, 쓴맛을 싫어한다면 소금물에 데쳐서 밥에 넣거나 소금물에 담가두었다가 쌀과 함께 섞어 밥을 지으면 된다. 쑥부쟁이나물밥은 달래간장이나 부추간장을 넣어 비벼 먹으면 그 맛을 제대로 즐길 수 있다.

쑥부쟁이나물밥

쑥부쟁이 어린순을 깨끗이 씻어 불려둔 쌀과 섞어 밥을 지으면 간단하게 완성된다.
쑥부쟁이묵나물로 밥을 지어 김밥의 밥 대신 사용하면 아주 간단한 속재료만으로
도 훌륭한 풍미의 쑥부쟁이김밥을 만들 수 있다.

매화꽃밥

"말린 꽃에서는
아무 향도 없더니,
물에 넣으니까
향이 막 풀려나오네."

생신이라고 어머니가 집에 오셨다. 생신상을 차리기 위해 분주하게 움직이던 아내가 나를 불렀다. 팥밥을 하려고 했는데 팥알의 상태가 너무 좋지 않다고 당황해하고 있었다. 그 말을 어떻게 들었는지 어머니가 부엌으로 다가오면서 말했다.

"옛날에야 붉은 팥이 나쁜 액을 막아주고 생일을 맞이한 사람에게 건강한 복을 가져다준다고 했지. 그래서 나도 자식들 키우면서 생일 닥치면 시루떡은 해주지 못했어도 팥밥은 꼭 해줬단다. 하지만 그건 옛날 일이어야. 요즘 누가 그렇게 한다냐? 팥시루떡은 다 옛날이야기 속으로 사라져버렸고 지금은 백수 하는 시골 노인들 생일상에도 빵집에서 파는 케이크가 올라와서 '생일 축

하합니다!' 노래 부르고 박수 한번 치면 끝나는 세상이야. 괜찮다. 팥밥은 집에서도 맨날 먹으니까 괜찮다⋯⋯."

그 말을 듣자 지난주에 해먹었던 매화꽃밥이 떠올랐다. 지난봄에 지리산 어느 마을에 사는 친구네 집에 갔다가 매화꽃을 따와서 꽃차를 만들었다. 그걸 차로만 우려먹다가 "떨어진 매화의 꽃잎을 눈 녹인 물에 삶아 흰죽을 끓여 먹는다"는 서유구의 『임원경제지』를 보고는 매죽을 끓여보았으며, 밥도 해먹었다는 동네 어른의 말을 듣고는 꽃밥도 지어보았다. 내 말을 들은 아내도 괜찮다고 하더니, 어머니한테 매화꽃밥을 드려도 되겠냐고 조심스럽게 물었다. 어머니는 매화꽃밥이라는 말을 듣고는 놀라는 표정을 짓더니, 그렇게 귀한 음식을 해주는데 누가 싫어하겠냐고 웃었다.

"예로부터 매화는 장수를 뜻하는 것 아니냐? 우리 동네에도 그렇게 매화꽃으로 밥이나 죽을 해먹고 살아온 사람이 있지만, 나는 한 번도 해먹어보지 않았다. 우리 동네에서는 매화나무가 우리 집밖에 없었는데도⋯⋯."

내가 어렸을 때만 해도 고향 집 우물가에 매화꽃이 피면 마을 어른들이 꽃구경을 많이 오셨다. 어느 날 탁발 나온 스님이 그걸 보고는 "저 매화는 보통 나무와 다른 영물입니다!" 하고 말하자 어른들이 무슨 보물이라도 가진 것처럼 좋아하였다. 나는 이해할 수 없었다. 대체 매화나무가 다른 나무하고 뭐가 다르단 말인가. 다른 나무보다 꽃이 일찍 핀다는 것쯤이야 동네 개들도 아는 사실이고, 그것이 영물이라고 할 만큼 중요하다는 생각은 들지 않았다. 게다가 매화꽃은 그다지 예뻐 보이지도 않았다. 차라리 음력 대보름 전후로 볼살이 터져 나오는 버들강아지가 더 아름다웠

다. 매화를 사군자라고 추켜세우는 것도 마음에 들지 않았다. 소나무나 대나무, 난초는 나름대로 고귀해 보였지만 매화나무는 평범해 보였다.

　매화는 내가 열세 살이 되고 나서야 자신의 존재를 알리기 시작했다. 정월 대보름 다음 날이었다. 집에 손님이 와서 하룻밤 주무시고 가는 바람에 나는 안방에서 쫓겨나 우물하고 가까운 부엌방에서 자게 되었다. 나는 뭔가 간질이는 것 같은 느낌에 눈을 떴다. 햇살이 문풍지 사이로 스며들고 있었다. 그리고 잔잔한 향기가 밀려들고 있었다. 뭐라 표현할 수 없는 그 향기는, 가슴 깊숙이 젖어들었다. 매화 향기였다. 감미로웠다. 마치 물위에 떠 있는 것처럼 온몸이 편안했으며 달콤한 향기가 온몸으로 스며들었다. 코가 아니라 몸으로 향기가 스며들 수 있다는 사실을 그때 처음 알았다. 그다음 날은 꽃향기가 나한테 말을 거는 것 같았다. 신기하게도 매화란 어느 정도 거리를 두고 있어야만 그 향을 제대로 맛볼 수가 있었다. 가까이 간다고 해서 향이 더 진해지는 것도 아니었다. 또한 아무 때나 향기가 느껴지지 않았다. 저녁보다는 새벽녘 막 눈떴을 때, 그때가 절정이었다. 나는 매화 향기가 거미줄 같은 덩굴일 것이라고 상상했다. 매화 향기는 덩굴처럼 햇볕을 타고 오거나 달빛 혹은 바람을 타고 온다는 것도 알았다. 참으로 신비로운 나무였다. 그제야 나는 어렴풋이 어른들이 매화를 좋아하는 이유를 알 것 같았다. 안타깝게도 나는 그 매화나무하고 더 이상 친해지지 못했다. 새마을운동의 여파로 갑자기 우리 집을 허물게 되었으며, 그때 새로 짓는 집이 남향으로 몸을 틀면서 매화나무의 땅을 침범하게 되었다. 어머니는 그 나무를 읍내 아무개 씨한테 팔아버렸다.

"요즘 들어 그 매화나무가 꿈에 자주 나타나는데, 아무래도 그것을 팔아버린 것이 큰 잘못인 모양이야. 복이 달아난 모양이야. 우리 집안이 이렇게 안 되는 걸 보면, 그것이……."

나는 어머니의 말꼬리를 낚아채면서, 그런 이야기를 하시는 걸 보니 당신도 늙기는 늙었나보다고 농담을 하였다. 그래도 어머니는 그 매화나무를 팔아버린 것이 경솔했다면서, 돌이켜보니 참으로 멋스러운 나무였다고 눈을 감았다.

아내가 매화꽃을 뜨거운 물에다 띄웠다. 접혀 있던 꽃잎들이 펼쳐지면서 기적처럼 향기가 되살아났다.

"말린 꽃에서는 아무런 향도 없더니, 이것을 물에다 넣으니까 향이 막 풀려나오네. 옛날 우리 집에 있던 그 매화나무향이랑 똑같네!"

"어머니, 매화는 차로 마시는 게 가장 좋아요. 그래야 향을 가장 잘 느낄 수 있거든요. 매화꽃밥은 달리 방법이 없어요. 그냥 저희 맘대로 하는 거예요. 옛날에는 떨어진 꽃잎을 주워서 했다고 하지만 그럴 수는 없으니까, 말린 꽃으로 찻물을 우려낸 다음, 그 찻물로 밥을 짓는 거예요. 매화꽃을 송이째 넣으면 향기가 더 진해지지만 밥이 쓰더라고요. 그래서 이렇게 찻물로만 밥을 하고 뜸들을 때 매화 꽃잎을 더 넣어보았어요."

"암, 그렇지. 상황에 맞게 사람에 따라서 각자 편하게 해먹는 것이어. 봄날 해먹으면 생꽃을 넣어도 되겠네. 아무래도 생꽃은 향이 더 강할지 몰라도 깊은 맛은 떨어지지."

이윽고 밥상이 차려지기 시작했다. 아내는 밥을 푸면서 예상

엄마의 꽃밥

보다 향이 약하다고 했지만 어머니는 제법 향이 강하다고 하였다. 다른 식구들도 은은한 향이 괜찮다고 하였다.

"고맙구나! 너 때문에 이런 밥을 다 먹어보고……."

"특별한 건 아니에요. 백매화라서 밥 색깔이 돋보이는 것도 아니고요."

"아니다. 이건 정성으로 먹는 것이지. 이건 기분이나 분위기로 먹는 것이다. 옛날 사람들도 그랬을 거야. 천천히 밥을 씹으면서 그 꽃을 생각하다보면 또 달라지지. 새벽녘에 은은하게 퍼지는 그 향기가 느껴지는구나. 이런 것이 별것은 아니어도, 어쩌면 산다는 것이 별것 아닌데 말이다. 돈 많은 부자라고 별것이겠냐? 그러니까 어쩌면 이런 것이 더 소중할 수도 있는데, 너무 사는 데 쫓겨서 그런 것의 소중함을 생각할 겨를도 없었어. 남들은 일부러 매화꽃 구경하러 오는데, 정작 나는 우리 집에 있는 매화꽃 향기를 지긋하게 맡아볼 여유가 없었지. 집에 어른들이 아파도 몸에 좋다는 매죽 한번 끓일 생각을 못 했으니! 끙, 우리 동네에 안씨라고 있어. 그 내외는 해마다 봄이면 매밥이며 매죽 쒀먹고 살았어. 난 그 내외가 부러우면서도 '홍, 그 집구석은 한가한 모양이구먼!' 하고 비꼬기만 했지. 안씨네는 지금도 불을 때서 밥을 해먹고, 반찬에다 조미료 하나도 안 넣고 무쳐서 먹어. 그때는 그런 것이 별스럽게 생각됐는데, 지금 생각해보니 그 사람들은 참 멋스럽게 살았어. 나는 한 번도 그런 여유를 가져본 적이 없어. 살면 얼마나 산다고…… 가끔은 이렇게 매화밥처럼 별스러운 음식을 먹으면서 쉬어갈 필요도 있었는데……."

어머니의 한숨이 내 가슴에 바윗덩어리처럼 얹혔다. 나를 이

엄마의 꽃밥

세상으로 보내준 저 위대한 생명체가 보내온 시간을 나는 대충 안다. 일찍 남편을 저 세상으로 보내고 다섯 자식을 위해 총력전을 벌이듯이 살아온 쇠비름 같은 생명체의 사계절을. 그래서 더 마음이 아프기는 해도, 내가 감히 함부로 말할 수 없는 어떤 영적인 느낌이 우러났다. 갑자기 김용준의 『근원수필』의 한 대목이 아련하게 떠오른다. '세인世人이 말하기를 매화는 늙어야 한다고 합니다. 그 늙은 등걸이 용의 몸뚱어리처럼 뒤틀려 올라간 곳에 성긴 가지가 군데군데 뻗고 그 위에 띄엄띄엄 몇 개씩 피는 데 품위가 있다 합니다.' 그렇게 중얼거리다보니 어머니가 그 늙은 매화나무를 닮았다는 생각이 떠올랐다. 나도 나중에 그런 매화나무를 닮아갔으면 좋겠다.

──────────── 매화는 나무 중에서는 가장 먼저 봄을 꽃으로 알리는 생명체다. 찬바람을 뚫고 피어나는 그 하얀 꽃을 보고 옛 사람들은 '군자'라고 불렀다. 우리 조상들은 매화꽃을 시와 그림의 소재로 숱하게 등장시켰다. 흰색을 신성하게 생각하는 우리 조상들은 매화꽃으로 여러 가지 음식을 해먹었는데, 장수의 상징인 매화꽃으로 만든 음식을 먹으면 복이 들어오고 오래 산다고 생각했다. 특히 매화꽃으로 만든 죽과 밥은 신선이 먹는 음식이라고 할 정도로 귀하게 여겼다.

매화꽃밥은 꽃이 필 무렵에 먹는 것도 좋지만 다른 계절에 먹는 맛도 각별하기 때문에 예부터 집집마다 매화꽃을 말려두었다. 매화꽃으로 밥이나 죽을 할 때는 꽃잎만 넣는다. 이럴 경우 아무래도 향이 약하지만 은은한 향을 즐기면서 먹는 것도 괜찮다. 매화꽃밥은 눈을 감고 먹는 음식이다. 가급적 반찬도 먹지 않고 음미하면서 천천히 씹는다. 우리 조상들에게는 그런 멋이 있었다. 음식이란 무조건 배고

엄마의 꽃밥

품을 달래기 위해서만 먹는 것은 아니다.

매화향을 제대로 즐기면서 먹고 싶다면 꽃송이를 따서 물에 우린다. 우리 조상들은 매화꽃밥을 지을 때 매화나무 밑에 얼어 있는 눈이나 얼음을 녹여서 매화꽃을 우려낸 다음 밥물로 썼다. 매화나무 밑에 얼어 있는 눈이 그 향기를 빨아들인다고 생각했기 때문이다. 같은 이유로, 매화꽃을 요리에 쓸 때는 나무에서 따다 쓰지 않고 눈 위에 떨어진 꽃잎을 주워 썼다.

일반적으로 매화죽이나 매화꽃밥에는 흰매화를 쓴다. 흰매화는 밥에 넣으면 색이 밋밋하지만 향도, 맛도, 모양도 소박한 것이 매화꽃밥의 멋이다. 흰매화보다 조금 늦게 피는 홍매화는 흰매화만큼 예우를 받지 못했지만 사람에 따라 홍매화꽃을 따다가 고명으로 곁들이기도 했다. 붉은색이 재액을 막아준다고 생각했기 때문이다.

매화꽃밥

생화는 깨끗이 씻어서 가운데의 꼭지와 꽃술을 떼어 놓고 말린 꽃은 밥 지을 물에
우려낸다. 이때 색이 잘 우러나지 않는다고 꽃을 너무 많이 넣게 되면 맛이 써지니
주의한다. 매화꽃을 우려낸 물로 밥을 지으면 은은한 향이 매력적인 매화꽃밥이 완
성된다.

엄마의 꽃밥

둥굴레뿌리밥

"둥굴레는 잎사귀가
난초처럼 깨끗하다네.
작은 종을 매달아
놓은 것처럼
꽃이 피면 얼마나
예쁜지 몰라."

후배 작가가 집들이 한다고 나를 불렀다. 수박 한 통을 앞세워서 그 집에 갔더니, 벌써 서너 명의 작가들이 와 있었다. 사십이 넘었지만 아직 아이가 없는 후배 작가 내외는 신혼집처럼 집 안을 꾸며 놓았다. 하나둘씩 음식이 차려졌다. 낙지볶음, 아귀찜, 갈치조림 같은 생선 요리가 밥상의 중앙을 차지했고, 나물들이 차례로 올라왔다. 후배 작가의 아내는 이 모든 것을 남편이 다 했다고 말했다. 마지막으로 밥과 국이 올라왔다. 누군가 밥에 섞여 있는 게 뭐냐고 물었다. 후배 작가의 아내가 둥굴레밥이라고 하였다. 또 다른 작가는 감자된장국을 보고 신기하다는 표정을 지었다.

"허허, 감자로 국을 끓이는구나!"

"예, 남도 지방에서는 이렇게 해먹습니다. 어, 근데 제가 기대했던 맛은 아니네요. 이것 참, 쉽지 않네. 이게 아주 단순한 음식이거든요. 둥굴레를 썰어서 쌀이랑 같이 섞어 밥을 하면 되는 것이고, 역시 감자를 썰어서 된장이 풀어진 물에다 넣고 끓이면 되는 것인데⋯⋯."

후배 작가는 밥이랑 국을 맛보고는 연달아 고개를 흔들어댔지만 다른 손님들은 모두 맛있다고 칭찬했다. 일부러 겸손하게 내뱉는 말이 아니었다. 내 입맛에도 둥굴레밥은 괜찮았다.

"내가 둥굴레밥을 자주 해먹어봐서 알거든요. 둥굴레밥을 할 때는 생것을 써도 되고 말린 걸 써도 돼요. 생것을 쓰면 단맛이 더 나고 인삼 맛도 강해요. 둥굴레뿌리를 찌면 인삼맛이 나거든요. 그래서 예전에는 그냥 삶아서 먹기도 했어요. 말린 둥굴레가 들어가면 구수하면서도 깊은 단맛이 나요. 씹히는 맛도 더 좋아지고요. 밥에 윤기도 더 흐르고요. 감자된장국도 담백하게 잘 끓여진 것 같은데⋯⋯."

그래도 후배 작가는 편안하게 웃지 않았다. 손님들이 당황스러울 정도였다. 손님들은 맛있다고 하는데 그들 부부는 이상하리만큼 그 맛에 집착하였다. 술이 몇 잔 돌고 나서야 후배 작가가 입을 열었다.

"사실은 지난주에 형님이 둥굴레랑 감자를 보내왔어요. 아내가 그걸 보고는 집들이 때 둥굴레밥이랑 감자국을 하자고 하더라고요. 아내가 좋아하는 음식이거든요. 아내가 이 음식을 처음 맛보게 된 것은 결혼하고 작은어머니 댁에 인사 갔을 때였어요⋯⋯."

후배 작가는 작은어머니네 집에 가면서도 마음이 편치 않았다. 집안의 어른이기 때문에 당연히 인사를 드려야 하지만 작은어머니가 자신을 그다지 반기지 않는다는 걸 알기 때문이었다. 작은아버지는 이미 오래전에 돌아가셨고, 작은어머니는 두 번이나 재혼을 하고 이혼한 상태라서 거의 왕래가 없었다. 그래서 잠깐 인사만 드리고 나올 생각으로 들렀는데 놀랍게도 작은어머니가 저녁을 먹고 가라고 붙잡았다.

"차린 건 없네. 오늘은 이렇게 받아주고, 다음번에 내가 형편이 나아지면 근사하게 차려줄 테니, 없는 반찬이지만 맛있게 들고 가소."

작은어머니는 조카며느리한테 진심으로 반공대하면서 말했다.

후배 작가의 눈에도 밥상은 너무 초라했다. 그가 어렸을 때 시골에서 먹었던 그 밥상 그대로였다. 달라진 것이 있다면 보리밥 대신 쌀밥이 올라왔다는 것뿐이다. 둥굴레밥, 감자된장국, 오이장아찌, 묵은 김치. 아무리 둘러보아도 다른 반찬은 더 이상 보이지 않았다. 그는 작은어머니가 너무 서운했다. 아무리 형편이 어렵다고 해도 큰집에 새로운 조카며느리가 왔는데 시장에 가서 갈치 한 마리 사다가 올릴 여유가 없다니, 어찌나 서운하던지 눈물이 나려고 했다. 그러니 밥맛을 전혀 느낄 수가 없었다. 어서 아내를 끌고 이 집에서 도망치고 싶었다. 아내한테 미안해서 쳐다볼 수가 없었다. 그가 처삼촌을 비롯하여 처고모님 댁에 가서 받았던 융숭한 대접에 비하면 너무 비교가 될 정도로 초라했다. 차라리 자장면이나 한 그릇 시켜 먹는 편이 훨씬 나았을 것이다. 그런데 아내의 입

둥굴레란 이파리가 타원형으로 둥글다고 해서 붙여진 이름이다. 마디마다 달리는 꽃은 초롱꽃처럼 피어난다. 줄기가 깨끗하고 고고해서 옥죽이라고도 부른다. 요즘은 꽃이 예뻐서 정원에다 많이 심는 풀이다. 줄기가 순해서 막 움트기 시작할 때는 숲에 사는 산토끼 같은 초식동물들이 좋아하는 먹이다. 땅에서 솟아날 때는 죽순처럼 움튼다.

에서 뜻밖의 말이 쏟아져 나왔다.

"작은어머니, 이 국 너무 맛있어요. 어쩌면 된장이랑 감자가 이렇게 잘 어울릴까? 된장이랑 감자 외에는 아무것도 들어가지 않은 것 같은데…… 그쵸? 조선간장으로 간만 살짝 했다고요? 전 이런 국 처음 먹어봐요. 밥도 맛있어요. 이게 둥굴레라고요? 어떻게 이런 맛이 나지요? 씹히는 맛도 쫄깃하면서 좋고요. 전혀 거부감이 없는 은은한 단맛이 나면서 구수해요. 둥글레가 쌀밥하고 궁합이 잘 맞네요. 이렇게 맛있는 밥은 처음 먹어봐요. 저를 위해서 이런 상을 차려주시고, 정말 감사드립니다."

그 말에 당황한 사람은 후배뿐만 아니라 작은어머니도 마찬가지였다. 작은어머니는 한동안 대답을 못 하고는 새색시를 바라다보기만 하였다. 지금 저것이 나를 놀리는 것인가 아니면 진심으로 말하는 것인가를 판단하는 중이었다. 작은어머니는 새색시가 맛있게 먹는 모습을 보고는 진심이라고 믿고는 더욱 미안한 표정을 정직하게 드러냈다.

"맛있게 먹어줘서 고맙네. 얼마 전에 사촌 언니가 둥굴레를 보내왔네. 그걸 보자 옛날 생각이 나서 몇 번 둥굴레밥을 해먹어봤는데, 사실 식당 밥에 비하면 아무것도 아니지만 그래도 난 맛있데. 요새는 둥굴레를 차로도 많이 끓여 먹지만 20~30년 전에만 해도 귀한 나물이었네. 우리 친정집은 그런대로 살았는데 자네 작은시아버지네 집은 산골짜기 오막살이였네. 동네에서 가장 떨어진 산 밑에 작은 초가집이었어. 처음에는 무서워서 그 집에 들어가지도 못했어. 그래도 자네 작은시아버지가 워낙 듬직한 사람이라서…… 그 양반을 믿고 살았제. 집 뒷산에는 이 둥굴레가 천지였다네. 둥굴레는 잎사귀가 난초처럼 깨끗하다네. 작은 종을 매달 아놓은 것처럼 꽃이 피면 얼마나 예쁜지 몰라. 봄에 어린 싹이 땅에서 올라올 때도 예쁘제. 줄기는 땅을 뚫고 나오면서부터 죽순처럼 빨리 자란다네. 그걸 뜯어다가 온갖 나물로 해먹었제. 뿌리도 대뿌리처럼 옆으로 뻗는데, 그걸 캐다가 잔뿌리를 떼어내고 말려서 가루를 내어 죽도 쑤어 먹고, 떡도 해먹고 그러제. 나는 주로 밥에다 넣어 먹었네. 나는 콩을 좋아해서 콩밥을 먹고 싶었지만 당시에는 콩이 귀해서 먹을 수가 없었어. 대신 이걸 넣어 먹었지. 이 맛을 안 뒤로는 콩밥을 먹지 않는다네. 그냥 간장에만 비벼 먹어도 되고, 반찬 없이 밥만 먹어도 되고……."

그런 말을 들으면서 먹다보니, 후배 작가도 둥굴레밥이랑 감자국이 아주 맛있다는 걸 알았다. 그래도 작은어머니에 대한 서운한 감정은 사라지지 않았다. 아내는 귀한 음식을 차려줘서 고맙다고 작은어머니한테 용돈까지 두둑하게 드리고 나왔다. 그때부터 작은어머니는 가끔씩 그들 부부를 불러 식사 대접을 했는데, 처음하고는 달리 당신 나름대로 시장을 보고 사온 온갖 음식들을 차려놓았지만 아내의 표정은 밝아지지 않았다. 어느 날 아내는 작은어머니를 보자마자 그 둥굴레밥과 감자국 이야기를 하였다. 작은어머니는 그런 옛날 음식은 가난했을 때 먹는 것으로 맛도 없고 영양가도 없으니 지금 상에 있는 불고기를 많이 먹으라고 하였다. 그래도 아내가 그 음식 타령을 하자, 요즘 둥굴레는 밭에다 재배하는 것이라 맛이 없다고 잘라 말했다.

"그러면서 퇴비 주고 거름 주고 키운 둥굴레는 먹지 말라고 하시더라고요. 어쨌든 그 뒤로 맛있는 둥굴레밥을 먹어보지 못했

엄마의 꽃밥

는데, 이번에 형님이 산에서 캔 것이라고 보내주시길래 나름대로 신경 써서 밥에 넣어본 것입니다. 그런데 그때 그 맛이 안 나네요."

나는 후배 작가 내외를 보고 고개를 끄덕이면서 웃어주었다.

"우린 모르겠지만 두 분은 그 차이를 느꼈을 것 같아요. 저는 당연하다고 생각해요. 음식은 손맛이라고 하잖아요. 왜 그런 말이 나왔는지 나이 드니까 알겠더라고요. 고향에 가서 아내랑 어머니가 똑같은 냉잇국을 끓여도, 똑같은 재료를 써도 다르더라고요. 오늘 우리가 먹고 있는 둥굴레밥이나 감자국도 마찬가지라고 생각해요. 작은어머님이야 수십 년 동안 그런 음식을 드셨으니까, 어떻게 썰어서 넣으면 더 맛이 나고, 크기도 어느 정도가 좋은지, 물은 얼마나 부어야 하는지, 얼마나 말려야 하는지, 언제 넣어야 하는지 등등…… 날마다 고민하셨을 거예요. 그러니 맛이 있을 수밖에 없지요."

내 말을 끝으로 더 이상 음식에 대한 이야기가 오고 가지 않았다. 그렇게 밥상에 놓여 있던 음식들이 하나둘씩 비워져갈 즈음 후배 작가의 아내가 불쑥 이런 말을 하였다.

"아이를 낳고 싶지 않은데, 이런 음식을 먹을 때면 아이를 키워보고 싶어요. 전 그때 둥굴레밥이랑 감자국이 너무 맛있었거든요. 이런 음식을 아이한테도 먹여주고 싶어요. 음식은 왠지 물려줘야 한다는 생각이 들거든요."

둥굴레뿌리는 대나무뿌리와 비슷하게 생겼다. 뿌리는 땅 깊숙이 밑으로 내리지 않고 옆으로 뻗는다. 거의 일정한 굵기며 마디가 아주 많은 것까지 대나무뿌리와 꼭 닮았다. 다만 대나무뿌리처럼 질기지 않다는 점이 다르다. 캘 때 손으로 잡아당기면 쉽게 뚝 끊어진다. 땅속에 묻혀 있기 때문에 '뿌리'라고는 부르나 엄밀히 말하면 겨울을 나기 위해 땅속에 숨긴 땅속줄기다.

옛사람들은 신선이 둥굴레뿌리를 먹고 산다고 생각했다. 그만큼 둥굴레뿌리는 약효가 뛰어났다고 믿었던 것이다. 자료를 살펴보면 옛날에는 '둥굴레'라고 부르기보다 뿌리가 약간 누르스름하기 때문에 '황정黃精'이라고 흔히들 불렀다고 한다. 이를 통해 예전부터 둥굴레의 열매나 잎보다는 뿌리를 식재료로 많이 이용했음을 알 수 있다.

둥굴레뿌리는 깊게 묻혀 있지 않아서 캐기가 수월하다. 다만 수염뿌리가 많아서 다듬는 작업이 상당히 성가시다. 잔뿌리 사이에 흙이 많이 끼어 있기 때문에 잘 씻어낸 다음 말린다. 잎이 아니라 뿌리이기 때문에 삶지 않고 그대로 말리는 것이다. 그렇게 말린 둥굴레뿌리는 약술로 빚어 자양강장제로 쓰거나 엿으로 고아 먹었다. 둥굴레뿌리로 만든 엿은 귀하고 인삼향이 나서 임금들이나 먹는 음식이었다.

둥굴레뿌리로 밥을 하기 위해서는 말린 것을 물에다 불린다. 충분히 물에다 담가두는 게 좋다. 하루 전에 물에다 담가두어도 된다. 물이 연한 붉은 물로 변하고 뿌리가 다시 통통해진다. 말린 둥굴레뿌리가 없을 경우 생것을 쓴다. 독성은 없지만 생것을 너무 많이 넣게 되면 그 특유의 인삼향이 너무 강해지기 때문에 말린 것을 넣을 때보다 훨씬 적은 양을 넣어야 한다. 말린 둥굴레로 지은 밥은 깊은 향이 나고 쫄깃하지만 생것으로 지은 밥은 인삼향이 진하고 단맛이 조금 더 강하다.

둥굴레뿌리밥

둥굴레는 뿌리가 딱딱하지 않기 때문에 물에 우리지 않고 밥을 해도 되지만 좀 더 부드럽고 편안하게 밥을 먹으려면 3~4시간 정도 우려서 짓는 게 좋다. 둥굴레뿌리 말린 것을 깨끗이 씻어 물에 충분히 불린다. 뿌리가 물을 머금어 촉촉해지고 연해지면 적당한 길이로 썰어 불린 물로 밥을 짓는다.

224

엄마의 꽃밥

둥굴레순튀김

둥굴레순은 부드럽고 연하며 향긋한 단맛이 난다. 통통한 줄기는 튀김으로 했을 때 씹는 맛이 아주 좋다. 순을 딸 때는 연하기 때문에 주의해야 한다. 둥굴레 어린순은 살짝 데쳐서 나물을 해먹기도 한다. 국에 넣어 먹거나 부침개로 해먹어도 맛있다.

둥굴레뿌리튀김

둥굴레뿌리로 튀김을 할 경우에는 말리지 않은 것을 쓴다. 그래야 부드럽게 씹히는 맛이 좋다. 말린 뿌리를 쓸 때는 물에 충분히 불려 연하고 부드럽게 만든 다음 써야 한다. 인삼과 비슷한 향이 나지만 쓴맛은 없기 때문에 오래 튀기지 않아도 된다. 어른들은 술안주로, 아이들은 간식거리로 제격이다.

청미래나물밥

"이 청미래덩굴이
음식이 되어
우리의 살이 되는
것이지요."

몇몇 작가들이랑 생선구이집에서 밥을 먹고 있었다. 나는 생선을 좋아하는 편도 아니라서 이것저것 한 번씩 집어 먹자 더 이상 손이 가지 않았다.

"사실 전 군대 가기 전까지 생선을 거의 안먹었어요. 우리 어머니는 김치를 할 때도 젓갈을 쓰지 않았어요. 그러니 비린내에 약할 수밖에 없었지요. 우리 집은 봄부터 겨울까지 늘 나물 밥상이었어요."

내 말을 가만히 듣고 있던 주씨가 혹시 청미래나물도 아냐고 물었다. 나는 고개를 끄덕이면서 꽃보다 빨갛게 익는 열매가 더 아름다운 식물로 전라도에서는 '맹감나무'라고 부른다고 했다. 제주도가 고향인 윤씨는 '멩게낭' '멩게낭나무'라고

한다고 했고, 강원도가 고향인 호씨는 '통갈' '통갈나무' '땀바구'
라고 한다고 했다. 그러면서 호씨는 그 뿌리를 캐서 말린 다음 녹
말을 뽑아내서 국수나 죽을 해먹었다는 이야기를 들었다고 했다.
주씨는 사람들이 쏟아내는 청미래에 대한 모든 이야기들을 다 듣
고 나서야 천천히 입을 열었다.

"청미래나물을 최고의 나물이라고 생각하는 사람들이 있었
어요. 성이 최씨인 그분은 우리 고향에서 가장 키가 컸는데 늘 표
정이 어두웠어요……."

최씨네 집은 마을에서 가장 작은 오막살이였다. 등잔 심지를
아무리 길게 하여도 식구들 다섯이 경우 등을 지질 정도로 좁은
단칸방이 환해지지 않을 만큼 천장이 낮고 깊은 오막살이였다. 그
집에는 아이들이 마귀할멈이라고 부르는 늙은 어머니도 살고 있
었다. 그래서 아이들은 그 집 근처에는 가지 않았다.

"제가 초등학교 5학년이 된 봄날이었어요. 어느 날 최씨 아저
씨의 조카딸이라고 하는 여자아이가 나타났지요. 집안에 무슨 사
정이 생겨서 잠깐 머물게 되었다고 하는데, 미순이라는 아이는 나
를 오빠라고 하면서 잘 따랐어요. 허허허, 내가 알지 못하는 서울
이라는 환상의 세계에서 바람처럼 나타난 그 아이는 모든 것이 다
예뻤어요. 얼굴은 물론이요, 말하는 모습, 목소리, 걸어다니는 품
새며 노래하는 것까지, 심지어 울고 투정부리는 것까지요."

어느 날 그는 미순이를 따라 그 집에 가게 되었다. 그는 토방
에 있는 작은 마루에 앉아서 미순이의 산수 숙제를 도와주다가 땅
거미가 깔린 마당을 보고 얼마나 놀랐는지 모른다. 당황하면서 일
어나려고 할 때 최씨의 아내가 밥상을 들고 나왔다. 문둥병에 걸

렸다는 할머니도 앉은뱅이걸음으로 부엌문을 넘어오고 있었다. 그는 주춤주춤 도망치려고 했다.

"이놈아, 밥 차렸는데 어딜 가! 밥을 앞에 두고 가는 놈은 평생 복이 없다!"

마스크를 쓴 그 할머니의 목소리였다. 놀랍도록 쩌렁쩌렁했다. 이상하게도 그는 한 발자국도 움직일 수 없었다. 최씨의 아내가 양푼에 비벼진 비빔밥을 퍼서 주었다. 미선이가 가장 좋아하는 음식이라고 했다. 밥상에는 연초록색 나물이 보였다. 내가 처음 보는 나물이었다. 최씨의 아내가 명감나무나물이라고 했다.

"오빠 이거 알지? 내가 제일 좋아하는 나물이야. 나도 처음에는 아주 질긴 덩굴에서 나는 순이라서 별로 맛이 없을 거라 생각했는데, 먹어보니까 맛있더라. 먹을수록 상큼하고 맛있어. 특히 비빔밥에는 이게 최고야. 이건 충분히 삶아야만 맛있어진대. 할머니가 그러셨어. 이건 꽃과 이파리가 동시에 나오는데 하루 종일 삶아도 순이 물러지지 않는다고 하셨어. 그래도 순이 싱싱해서 씹히는 맛이 좋다고. 대충 삶아서 먹으면 쓴맛이 있어서 아이들은 싫어한대. 그런데 어때, 쓰지 않지?"

그제야 그는 비빔밥에 섞여 있는 나물을 유심히 내려다보았다. 작은 하트 모양의 이파리와 나비의 더듬이처럼 구부러진 덩굴손이 보였다. 뒷동산에 가면 커다랗게 덩굴 숲을 이루고 살아가는 명감나무덩굴이었다. 명감나무덩굴은 얼마나 빽빽한지 하늘에서 내려오는 꿩이 처박히면 쉽게 빠져나올 수가 없는 곳이었다. 줄기는 쇠토막처럼 강해서 조선낫이 아니면 함부로 잘라낼 수도 없었고, 잔가시가 아주 강해서 함부로 만질 수도 없었다. 게다가 그 덩굴은 땔감으로도 쓸 수가 없어서 인간들도 손을 대지 않았고 초식동물들도 함부로 대할 수가 없는 그런 독보적인 생명체였다. 그런 덩굴의 순을 나물로 해먹는다는 것이 믿어지지 않았다. 그는 어른들 눈치를 보면서 비빔밥을 먹으려고 하였다. 그러나 입안에서 몇 번 씹다가 그만 "우엑!" 하고 토악질을 하고야 말았다. 명감나무나물 비빔밥이 목구멍에서 맹렬하게 소용돌이치면서 넘어왔고, 뭔지 알 수 없는 비린내와 구린내가 풍겼다. 눈을 감고 씹어도 코가 문드러진 그 할머니가 떠오르고 이상한 냄새가 풍기는 것 같았다. 눈물이 핑 돌았다. 도저히, 도저히 먹을 수가 없었다. 그는 속이 안 좋다는 말을 하고 나서야 간신히 그 집에서 풀려날 수 있었다.

"허허허, 그로부터 며칠 뒤였지요. 우리 옆집에 사는 성구라는 친구네 집에 갔다가 저녁밥을 같이 먹게 되었어요. 성구 누나인 정자 누나도 있더라고요. 정자 누나가 밥을 주고 비벼 먹으라고 했는데, 이번에는 명감나무나물밥이었어요. 그런 밥은 생전 처음이었지요. 어린 명감나무순을 썰어서 넣고 밥을 했더라고요. 신기하기도 하고, 나물밥이라 밥이 더 맛있어 보여서 덤벼들었지요. 명감나무나물을 넣고 비빈 밥보다 그 나물밥이 더 맛있더라고요. 역시 쓴맛이 전혀 없었고 상큼했어요. 어린 마음에도 지금까지 먹었던 밥 중에서 가장 맛있는 밥이라고 생각했지요. 그런데 성구가 불쑥 '누나가 어떻게 이런 나물밥을 했어?' 하고 물었어요. 정자 누나는 입가에 밥풀이 묻은 것도 모르고 웃으면서 '이걸 내가 어떻게 하겠냐? 실은 아까 미순이 할매가 오셨어. 엄마 아빠가 고모님 댁에 가서 우리끼리 밥해 먹는다는 걸 알고 오셨대. 그 할매가 해주신 거야' 하고 말하더군요. 순간 저도 모르게 일어났어요. 그

옛 사람들은 초겨울이 되면 칡이나 청미래덩굴뿌리를 캐다가 말려서 보관했
다. 청미래덩굴뿌리는 관절을 비롯하여 여러 가지 약효가 있어서 노인들이 차
로 끓여 먹곤 했다. 뿌리는 줄기처럼 질기지만 녹말 성분이 많아서 묵이나 국
수를 해서 먹었다. 녹말 성분이 많기 때문에 흉년이 들 때는 사람들의 목숨을
구해주는 구황식물 역할을 톡톡히 했다.

리고 혼신의 힘을 다해 손으로 입을 막고선 밖으로 나왔지요. 저는 뒤란으로 가자마자 토하기 시작했어요. 입안에는 맛있는 밥맛이 남아 있었지만 아무리 목구멍으로 넘기려고 해도, 그 밥을 넘길 수가 없었어요. 그걸 삼키지 못하는 내가 처음으로 원망스러웠답니다."

그때부터 그는 명감나무덩굴만 보면 가슴이 먹먹해지면서 괜히 숙연해졌다. 미선이나 정자 누나를 생각해서라도 그 음식에 대한 편견에서 벗어나고 싶었다. 그래서 어머니한테 부탁하여 그 나물밥을 해서 먹기도 했지만 은연중에 비위가 상하고 턱에 힘이 들어갔다. 그래도 그는 피하지 않고 혼신의 힘을 다해 먹었다. 그러자 토하지는 않게 되었지만 밥을 다 먹고 나면 진이 빠질 정도로 힘들었다.

"어쨌든 제가 중학교 1학년 때 최씨네 식구들은 어디론가 이사를 갔어요. 그리고 한 번도 고향에 얼굴을 내밀지 않았지요. 최씨가 먼 사막의 나라로 갔다는 둥, 집에 불이 나서 식구들이 모두 죽었다는 소문까지 나돌았지만 나는 믿지 않았어요. 그 누구도 함부로 해코지하지 못하는 명감나무덩굴처럼 당신들만의 세상을 이루어서 어디선가 그렇게 살아가고 있으리라고 믿었어요. 그래야만 명감나무나물이 들어간 음식을 몸으로 받아들일 수 있었어요. 믿어지지 않지요? 이렇게 덩굴 하나에도 여러 사람들의 생이 묻어 있어요. 그만큼 우리나라 사람들이 풀하고 가깝게 살았다는 뜻이지요. 요즘도 저는 명감나무덩굴, 아니 청미래덩굴만 보면 그분들 생각이 나면서 턱에 힘이 들어간답니다. 그리고 음식에 대한 선입견이 얼마나 무서운지를 알게 되고요. 더구나 어린 시절에 길

들여진 맛에 대한 기억을 뛰어넘는다는 것이 얼마나 힘든 일인지
잘 안답니다."

"그 말을 들으니 청미래덩굴이 다르게 상상되네요."

"맞아요. 그 덩굴은 진짜 질깁니다. 그런 덩굴도 음식이 되어
우리의 살이 되었군요."

"청미래덩굴이 그 최씨네 가족들의 생을 짊어지고 있는 것
같네요."

"언제 한번 그 나물밥 먹으러 갑시다. 우리 고모네가 식당을
하는데 그런 나물을 부탁만 하면 해주거든요."

주씨가 조용하게 눈을 감으며 이야기를 갈무리하자 그제야
오늘 이야기 속에 나오는 사람들이 하나둘씩 상상이 되기 시작했
다. 그런데 내 상상 속에 나오는 모든 사람들의 손가락이 청미래
덩굴로 변해서 태산만 한 숲을 만들어냈다. 나는 그런 상상이 싫
지 않았다.

──────────────── 청미래덩굴은 거대한 자기들만의 왕국
을 이루고 살아간다. 그들이 덩굴을 이루면 그 어떤 풀도 감히 접근
하지 못한다. 하지만 숲에 참나무들이 들어서면서 그 세력이 많이
약해졌다. 민둥산이 대부분이었던 시절에는 청미래덩굴이 산에서
강력한 존재였다.

꽃은 연한 노란색이고, 아주 작은 잔꽃이 무리 지어서 피지만 역시
눈에 띄지는 않는다. 꽃이 지면 깨알만 한 초록색 열매가 송이째 달
리는데, 한 송이에 대여섯 개씩 붙어 있다. 늦여름 즈음부터 열매는
빨갛게 익어간다. 그때쯤의 청미래덩굴은 가장 아름답다. 그 열매를
'명감'이라고 한다. 전라도에서는 '멩감'이라고 하여 '멩감나무'라고

청미래나무 열매는 육즙이 시고 씨앗이 대부분이기 때문에 사람들은 잘 먹지 않지
만 산에 사는 동물들에게는 겨울철 소중한 식량이 되어준다.

팥이나 콩을 넣고 떡을 빚은 다음 청미래덩굴잎으로 싸서 쪄내면 망개떡이 된다. 특별한 향은 없지만 잎이 팥이나 콩을 상하지 않게 하는 역할을 한다. 우리 조상들은 냉장고가 없던 시절에 이런 지혜를 발휘하였다.

부르고, 제주도에서는 '멩게낭' '멩게낭나무', 강원도에서는 '통갈' '통갈나무' '땀바구(강릉)'라고 부른다.

청미래덩굴의 새순은 약간 무더워질 무렵, 즉 5월이 넘어야 돋아난다. 다른 나무보다 늦게 돋아나지만 덩굴이 군락을 이루고 있으므로 큰 걱정은 없다. 새순은 돋아나면서 이파리와 덩굴손 그리고 꽃송이를 함께 매달고 있다.

청미래나물밥

청미래나물은 시큼하면서도 텁텁한 맛이 난다. 그런 독특한 맛이 청미래나물밥의
매력이다. 청미래밥을 한 술 뜨고 된장국을 마시면 그 시큼하고 텁텁한 맛이 살짝
누그러지면서 입안이 편안해지기 때문에 보통은 된장국과 함께 내놓는다.

청미래나물밥

엄마의 꽃밥

초판 1쇄 인쇄 2015년 11월 25일
초판 1쇄 발행 2015년 11월 26일

지은이 이상권, 이영균
펴낸이 김선식

경영총괄 김은영
마케팅총괄 최창규
책임편집 윤세미 **디자인** 문성미 **책임마케팅** 이상혁
콘텐츠개발2팀장 김현정 **콘텐츠개발2팀** 임지은, 백상웅, 문성미, 윤세미
마케팅본부 이주화, 이상혁, 최혜령, 박현미, 정명찬, 김선욱, 이소연, 이승민
경영관리팀 송현주, 권송이, 윤이경, 임해랑

펴낸곳 다산북스 **출판등록** 2005년 12월 23일 제313-2005-00277호
주소 경기도 파주시 회동길 37-14 3, 4층
전화 02-702-1724(기획편집) 02-6217-1726(마케팅) 02-704-1724(경영관리)
팩스 02-703-2219 **이메일** dasanbooks@dasanbooks.com
홈페이지 www.dasanbooks.com **블로그** blog.naver.com/dasan_books
종이 한솔피엔에스 **출력·인쇄** 갑우문화사 **후가공** 이지앤비 특허 제10-1081185호

ISBN 979-11-306-0655-2 (03810)

• 이 책은 한국출판문화산업진흥원 2015년 우수출판콘텐츠 제작 지원 사업 선정작입니다.
• 책값은 뒤표지에 있습니다.
• 파본은 구입하신 서점에서 교환해드립니다.
• 이 책은 저작권법에 의하여 보호를 받는 저작물이므로 무단 전재와 복제를 금합니다.
• 이 도서의 국립중앙도서관 출판시도서목록(CIP)은 서지정보유통지원시스템 홈페이지(http://seoji.nl.go.kr)와
  국가자료공동목록시스템(http://www.nl.go.kr/kolisnet)에서 이용하실 수 있습니다. (CIP제어번호 : CIP2015031480)